늦가을 무민 골짜기

무민 도서관
늦가을 무민 골짜기

초판 1쇄 발행일_2019년 3월 27일 | 초판 2쇄 발행일_2020년 8월 26일
글·그림_토베 얀손 | 옮김_최정근
펴낸이_박진숙 | 펴낸곳_작가정신 | 출판등록_1987년 11월 14일(제1-537호)
책임편집_윤소라 | 디자인_노민지
마케팅_김미숙 | 디지털 콘텐츠_김영란
주소_(10881) 경기도 파주시 문발로 314 2층 | 전화_(031)955-6230
팩스_(031)944-2858 | 이메일_mint@jakka.co.kr | 홈페이지_www.jakka.co.kr

ISBN 979-11-6026-655-9 04890
ISBN 979-11-6026-656-6 (세트)

이 도서의 국립중앙도서관 출판시도서목록(CIP)은 서지정보유통지원시스템 홈페이지
(http://seoji.nl.go.kr)와 국가자료공동목록시스템(http://www.nl.go.kr/kolisnet)에서
이용하실 수 있습니다.
(CIP제어번호 : CIP2019003634)

Sent i november
Copyright ⓒ Tove Jansson (1970) Moomin Characters™
Korean edition published by Jakkajungsin 2019
Korean Publication rights arranged by Seoul Merchandising Co., Ltd.
All rights reserved.

이 책의 한국어판 저작권은 SMC를 통한 저작권자와의 독점 계약으로 작가정신 출판사에 있습니다.
저작권법에 의해 한국 내에서 보호를 받는 저작물이므로 무단 전재와 무단 복제를 금합니다.

* 책값은 뒤표지에 있습니다.   * 잘못된 책은 바꾸어 드립니다.
* 이 책의 등장인물을 포함한 고유명사는 가독성을 위하여 국내에 널리 소개된 표기를 따랐습니다.

SENT I NOVEMBER

늦가을 무민 골짜기

토베 얀손 무민 연작소설

최정근 옮김

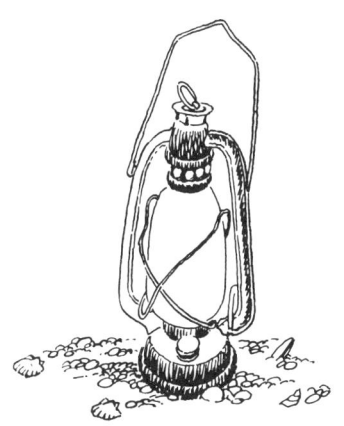

작가
정신

차례

제1장 ············· 9

제2장 ············· 17

제3장 ············· 23

제4장 ············· 32

제5장 ············· 35

제6장 ············· 43

제7장 ············· 55

제8장 ············· 61

제9장 ············· 69

제10장 ············· 81

제11장 ············· 91

제12장 ············· 107

제13장 ············· 127

제14장 ············· 135

제15장 ············· 145

제16장 ············· 153

제17장 ············· 164

제18장 ············· 178

제19장 ············· 198

제20장 ············· 213

제21장 ············· 225

제1장

무민 골짜기의 어느 이른 아침, 천막에서 자고 일어나 가을 냄새를 맡은 스너프킨은 천막을 걷을 때가 왔다고 생각했다.

얼른 천막을 걷어야 했다! 갑자기 온 세상이 변해 버리자, 스너프킨은 모두 몰려들어 이런저런 질문을 퍼붓기 전에 떠나야겠다고 마음먹었다. 머뭇거리지 않고 천막의 기둥을 뽑고 서둘러 불을 끈 다음, 배낭을 짊어지고 마침내 길을 나선 순간, 스너프킨은 잎사귀를 모두 떨어뜨린 채 혼자 세상을 떠도는 나무처럼 마음이 차분히 가라앉았다. 풀밭의 천막을 쳤던 자리는 네모꼴로 하얗게 색이 바래 있었다. 잠시 뒤 아침이 되어 친구들이 일어나면 이렇게 말하리라.

"스너프킨이 떠났어. 이제 가을이야."

스너프킨이 천천히 조심스럽게 발걸음을 떼어놓자, 숲이 감싸듯 품어 주었으며, 비가 오기 시작했다. 빗방울은 스너프킨의 초록빛 모자에도 초록빛 비옷에도 떨어졌고, 어디에나 속삭이듯 내렸으며, 숲은 부드럽고도 멋진 고독 속에 스너프킨을 숨겨 주었다.

바닷가에는 골짜기가 많았다. 바다를 굽어보며 우람하게 솟은 능선이 길게 물결치듯 뻗어 있었고, 곶과 만(灣)이 황야 안쪽으로 깊숙이 들어와 있었다. 그 가운데 한 골짜기에 혼자 사는 필리용크가 있었다. 그동안 필리용크를 여럿 만나 본 스너프킨은 필리용크들이 자기들만의 독특한 성격과 규칙을 따르며 까다롭게 구는 줄은 알고 있었다. 하지만 이 필리용크의 집을 지날 때만큼은 유독 발걸음 소리를 더 죽였다.

울타리는 곧게 서 있었고 기둥은 끝이 뾰족했으며 대문은 잠겨 있었다. 정원은 텅 비어 아무것도 없었다. 빨랫줄은 거두어졌고, 장작더미도 사라지고 없었다. 해먹도 없었고 정원 가구도 하나 없었다. 여름 별장 주위에 늘 있던 갈퀴와 양동이, 깜빡 잊고 놔둔 모자와 고양이 우유 접시 그

리고 활짝 열린 정원에 널브러져 다음 날 아침을 기다리며 여름 별장에 생기를 불어넣어 주던 사랑스럽고 조그마한 물건들이 모조리 사라지고 없었다.

  가을이 온 줄 알고 필리용크는 대문을 닫아걸었다. 굳게 막힌 필리용크의 집은 텅 빈 듯이 보였다. 하지만 필리용크는 창문을 가린 전나무 벽 뒤에, 높다랗고 두꺼운 벽 안쪽 집 안 깊숙한 곳에서 살고 있었다.

  가을이 조용히 겨울을 향해 가는 시간은 나쁘다고만은 할 수 없었다. 자신을 지키고 보호하는 시간이자, 필요한 무엇이든 창고에 그득하게 채워 넣는 시간이었다. 가지고 있는 물건을 모두 모아 가까이에 두면 마음이 놓였는데, 온기와 생각 그리고 중요하고 가치 있고 심지어 친숙하기까지 한 나만의 것을 깊은 구덩이 안에 묻어 놓고 내 손으로 지킬 수 있었다.

  이제 추위와 폭풍우와 어둠이 몰려들어도 문제없었다. 문이란 문은 모조리 닫혔고 빈틈없는 이가 온기와 고독 속에서 만족스러워하고 있었으니 추위와 폭풍우와 어둠이 벽을 더듬으며 입구를 찾아 헤매더라도 찾을 수가 없을 터였다.

  언제나 그래 왔듯이 머무르는 이와 떠나는 이가 있게 마련이었다. 어떻게 할지는 누구나 스스로 선택할 수 있지만, 선택할 수 있는 시간은 정해져 있었고 포기할 방법은 없었다.

  필리용크는 뒤뜰에서 이불을 털기 시작했다. 규칙적으로 세차게 반복되는 소리만 들어도 필리용크가 즐겁게 이불을 털고 있다는 사실을 알 수 있었다. 스너프킨은 쉬지 않고 걸었고, 담뱃대에 불을 붙이며 생각했다.

'이제 무민 골짜기 친구들이 모두 일어날 시간이군. 무민 파파는 시계를 내려놓고 기압계를 톡톡 두드리겠지. 무민 마마는 난로에 불을 피우고. 무민은 베란다에 나와 천막을 쳤던 자리가 비어 있는 광경을 보겠지. 다리로 가서 텅 빈 우편함을 들여다볼 텐데. 작별 편지를 쓸 시간이 없어서 깜박했어. 하지만 내 편지는 늘 비슷비슷하니까. 4월에 돌아올게. 지금은 떠나지만 이른 봄에 돌아올 테니까 잘 지내고 있어. 무민도 잘 알겠지.'

그런 뒤 스너프킨은 무민 생각을 가볍게 털어냈다.

땅거미가 질 무렵, 스너프킨은 산 그림자가 끝없이 드리워진 기다란 만에 도착했다. 때 이른 불빛이 군데군데 어른거리는 만 안쪽 깊숙한 곳에 집이 옹기종기 모여 있었다.

비 내리는 바깥에는 아무도 없었다.

이곳에 헤물렌과 밈블과 개프지가 살고 있었는데, 저마다 다른 지붕 아래에서 따로 살았고, 집 안에만 틀어박혀 있고 싶어 했다. 스너프킨은 뒤뜰을 따라 슬그머니 지나가

더니 그늘 속으로 조용히 숨어든 다음 숨죽였는데, 누구와도 이야기를 나누고 싶지 않았기 때문이었다. 크고 작은 집이 모두 다닥다닥 붙어 있었고, 몇몇 집들은 서로 연결되어 지붕 배수로와 구정물통을 함께 쓰기도 했고, 창문 너머로 이웃집이 훤히 들여다보일 정도였으며, 음식 냄새까지 새어 들기도 했다. 굴뚝과 박공 그리고 우물 두레

박 저 아래로 현관과 현관을 잇는 오솔길이 나 있었다. 스너프킨은 발소리를 죽인 채 재빨리 걸음을 옮기며 생각했다.

'아, 이런 집들은 정말 마음에 안 들어.'

이제 날이 거의 어두워졌다. 잿빛 방수포가 덮인 헤물렌의 배가 오리나무 아래에 놓여 있었다. 조금 더 위쪽으로는 돛대, 노 그리고 키가 있었다. 여름을 수없이 보내는 사이, 흙먼지에 뒤덮여 더러워지고 부서진 데다 제대로 쓰인 적조차 한 번 없는 물건들이었다. 스너프킨은 몸을 부르르 떨고 계속 걸어갔다.

하지만 헤물렌의 배 안에는 스너프킨의 발걸음 소리를 듣고 숨죽인 아이가 하나 있었다. 발걸음 소리는 점점 멀어지더니 이제 다시 고요해졌고, 방수포 위로 떨어지는 빗방울 소리만 나지막이 들려왔다.

짙푸른 전나무가 빽빽하게 늘어선 숲 끄트머리에 외로이 서 있는 맨 마지막 집, 바로 그곳에서부터 황야가 시작되었다. 스너프킨은 더 빨리, 숲을 향해 똑바로 걸었다. 그때 마지막 집에서 문이 빠끔 열리더니 그 틈새로 나이 지긋한 목소리가 소리쳤다.

"어디로 가나?"

스너프킨이 말했다.

"글쎄요."

 문은 다시 닫혔고 스너프킨은 눈앞에 뻗어 있는 수백 킬로미터쯤 되는 고요한 숲길로 발걸음을 옮겼다.

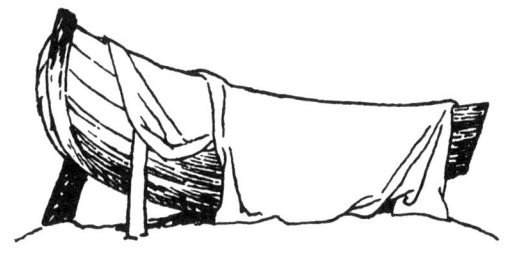

제2장

시간은 흘렀고, 비는 계속 내렸다. 가을에 이렇게 큰비가 내리기는 처음이었다. 바닷가 주위의 골짜기는 언덕과 산에서 흘러내린 물에 잠겨 버렸고, 땅은 시드는 대신 썩어 갔다. 갑자기 언제 그랬느냐는 듯 여름이 자취를 감추어 버렸고 집 사이로 난 오솔길은 무척 길어 보였으며 모두 집 안에 웅크리고만 있었다.

헤물렌의 배 안쪽 뱃머리에는 토프트라고 불리는 작은 훔퍼가 살고 있었다. (스웨덴어로 토프트는 배의 가로장이라는 뜻이지만 우연히 이름이 같을 뿐, 다른 의미는 없다.) 토프트가 그곳에 사는 줄은 아무도 몰랐다. 1년에 딱 한 번, 봄의 끝

자락에 누군가가 방수포를 걷어 배에 타르를 칠하고 커다란 틈새를 메웠다. 그러고 나면 방수포는 다시 덮이고 배는 그대로 그 자리에 잠자코 놓였다. 헤물렌은 배를 타고 바다로 나갈 시간도 없었을 뿐더러 배를 몰 줄도 몰랐다.

홈퍼 토프트는 타르 냄새를 좋아해서 자신이 사는 곳에서 풍기는 냄새가 마음에 들었다. 똬리를 튼 밧줄 뭉치 속에서 쉴 새 없이 내리는 빗소리를 듣는 시간도 좋았다. 토프트의 큼지막한 외투는 따뜻해서 기나긴 가을밤을 나기에 딱 알맞았다.

모두 집으로 돌아가고 만이 고요해지는 저녁이면 토프트는 혼잣말로 이야기를 늘어놓았다. 행복한 가족 이야기였다. 토프트는 잠들 때까지 이야기를 계속했고 다음 날 저녁에는 이야기를 계속 이어 가거나 처음부터 다시 시작했다.

토프트는 행복한 무민 골짜기를 묘사하며 이야기를 시작하곤 했다.

"어둑어둑한 소나무 숲이랑 밝게 빛나는 자작나무가 자라고 있는 비탈을 천천히 걸어 내려갔어. 날은 더 따뜻해졌지."

토프트는 무민 골짜기가 햇빛 속에서 때 묻지 않은 푸른 정원을 활짝 열어 주는 느낌이 어떤지 묘사하려고 애

썼다. 여기저기에서 푸른 이파리가 여름 바람에 흔들리고, 주위에는 푸른 잔디가 펼쳐져 있고, 머리 위로는 벌들이 윙윙대는 소리와 함께 햇살이 점점이 쏟아지고, 향긋한 냄새를 맡으며 강물 소리가 들릴 때까지 천천히 걸어가는 느낌이란.

 이 가운데 아주 사소한 무엇 하나도 바뀌어서는 안 된다는 점이 가장 중요했다. 한 번은 강가에 여름 별장을 만들어 보았는데, 실수였다. 그 자리에는 강을 가로지르는 다리와 우편함이 놓여야만 했다. 그런 다음 라일락 덤불을 지나 무민파파의 장작 창고로 가면 평온한 여름 향취가 풍겼다.

무척 조용하고 꽤 이른 아침이었다. 토프트는 정원 끄트머리에서 받침대 위에 놓인 장식용 파란 수정 구슬을 본 적이 있었다. 무민파파의 수정 구슬이었고 무민 골짜기를 통틀어 가장 아름다웠다. 매혹적이기까지 했다.

토프트가 묘사했다.

"풀이 높이 자라 있고 꽃이 잔뜩 피었어."

토프트는 가장자리에 조개껍질과 작은 금 조각으로 가지런히 정돈해 놓은 길이 어떤지 이야기했고, 자신이 특히 좋아하는 햇빛 비치는 자리 이야기를 할 때에는 잠시 생각을 곱씹기도 했다. 토프트는 골짜기 저 위쪽에서 시작한 쏴아아 하는 바람 소리가 언덕배기 숲을 지나 멀리 흘러가도록 내버려두었다가 잠잠해지게 만들어 다시 정적에 휩싸이게 했다. 사과나무에는 꽃이 피어 있었다. 토프트는 사과나무 몇 그루에 열매를 달았다가 없애 버린 다음, 해먹에 앉아 장작 창고 앞에 노란 톱밥을 뿌렸고, 이제 무민 가족의 집이 아주 가까워졌다. 작약 꽃밭을 지나, 베란다에 다다랐다……. 아침 햇볕이 한가득 내리쬐는 베란다

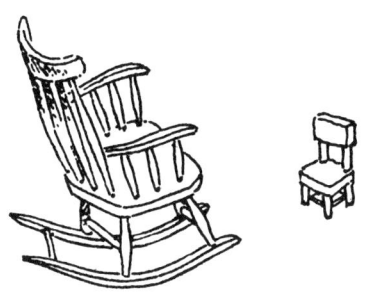

는 톱질로 무늬를 넣은 난간, 인동덩굴, 흔들의자뿐만 아니라 모두 토프트가 예전부터 상상했던 모습 그대로였다.

토프트는 절대로 집에 들어가지 않고 밖에서 기다리기만 했다. 무민마마가 계단으로 나오기만을 기다렸다.

하지만 안타깝게도 바로 그 즈음이면 토프트는 여지없이 잠들어 버리곤 했다. 딱 한 번 현관문이 열리고 무민마마의 얼굴이 살짝 보인 적이 있었는데, 둥글둥글하고 다정한 얼굴이었고, 인상도 여느 엄마들처럼 전체적으로 둥글둥글했다.

이제 토프트는 다시 골짜기를 돌아다녔다. 수백 번도 더 넘게 같은 길을 걸었지만, 걸을 때마다 심장이 더 거세게 뛰었다. 갑자기 잿빛 안개가 육지를 뒤덮어 온 세상이 희뿌예지자, 토프트는 두 눈을 꼭 감고 어둠을 바라보며 방수포 위로 떨어지는 가을비 소리만 하염없이 들었다. 다시 무민 골짜기로 돌아가려고 해 보아도 잘 되지 않았다.

이런 일은 지난주부터 몇 번이나 일어났고 그때마다 안개가 다가드는 시간이 조금씩 빨라졌다. 어제는 장작 창고에 있을 때 찾아들더니, 이번에는 라일락 덤불에 가기도 전에 벌써 어두워졌다. 토프트는 외투 속으로 더 깊이 파고들며 몸을 한껏 웅크리고 생각했다.

'아무래도 내일은 강가에도 못 가겠는걸. 안개 뒤에 숨어서 아무것도 보이지 않으니까 더 이야기할 수가 없어.'

토프트는 잠깐 눈을 붙였다. 어둠 속에서 잠을 깬 토프트는 무엇을 해야 할지 깨달았다. 헤물렌의 배를 떠나 무민 골짜기로 찾아가 베란다로 올라간 다음, 문을 열고 자신이 누구인지 말해야 했다.

홈퍼 토프트는 그렇게 마음먹고 다시 잠들었고 밤새 꿈 한 번 꾸지 않고 내내 잤다.

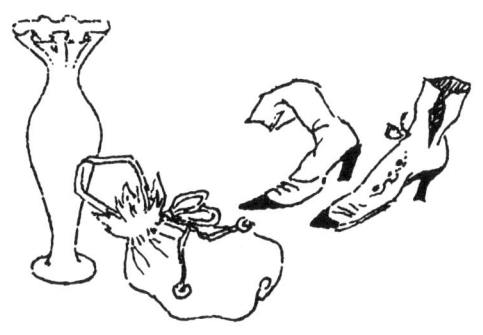

제3장

11월의 어느 목요일에 비가 그쳤고 필리용크는 다락방 창문을 닦기로 마음먹었다. 부엌에서 물을 데워 비누를 너무 많지 않게 조금 푼 다음, 통째로 들고 올라가 의자 위에 올려놓고 창문을 열었다. 그 순간 창틀에서 뭔가가 툭 하고 발치에 떨어졌다. 작은 솜뭉치처럼 보였지만, 필리용크는 그게 무엇인지 단박에 알아챘다. 털이 잔뜩 난 번데기였고 그 안에는 하얗게 투명한 애벌레가 들어 있을 터였다. 필리용크는 몸서리를 치며 발을 오므렸다. 어디를 가든, 무엇을 하든 꿈틀거리며 기어 다니는 녀석들과 마주쳤고, 녀석들은 어디에나 있었다! 필리용크는 재빨리 먼지떨이를 들어 애벌레를 밖으로 쓸어내 버리고는 녀석이 지붕을 데구루루 굴러 내려가 지붕 가장자리에 부딪힌 다음 사라지는 모습을 지켜보았다.

필리용크는 먼지떨이를 흔들면서 중얼거렸다.

"징그럽기도 하지."

그러고는 물통을 들고 창문 바깥쪽을 닦으러 창밖으로 발을 성큼 내디뎠다.

필리용크는 실내용 슬리퍼를 신고 있었는데, 축축하게 젖은 가파른 지붕에 발이 닿자마자 주르륵 미끄러져 내려가기 시작했다. 겁먹을 새도 없었다. 필리용크의 비쩍 마른 몸이 눈 깜짝할 사이에 앞으로 고꾸라져 엎드러진 채 지붕을 미끄러져 내려가다 발이 지붕 가장자리와 부딪히고 나서 그대로 멈추었다. 필리용크는 그제야 겁이 났다. 온몸이 두려움에 휩싸였는데, 물감을 삼키기라도 한 듯 목구멍이 턱 막혔다. 눈을 감아도 저 밑에 있는 땅바닥이 떠올랐고, 너무 무섭고 충격을 받은 나머지 입마저 굳어 버려서 소리조차 지를 수 없었다.

하지만 소리를 지른들 달려와 줄 이도 없었다. 필리용크는 친척들과 모든 연락을 끊었고 귀찮은 지인들과도 왕래하지 않았다. 덕분에 집을 가꾸고 원하는 만큼 고독을 즐길 여유를 누릴 수 있었으며, 심지어 이제는 누구 하나 도와줄 이도 없이 딱정벌레들과 말할 수 없이 징그러운 애벌레들 속으로 떨어지는 여유까지 누릴 참이었다.

필리용크는 괴로워서 어쩔 줄 몰라 하며 애를 썼는데, 미끄러운 철판을 두 손으로 더듬으며 기어 올라가 보았지만 다시 미끄러져 내려온 탓에 상황은 아무것도 달라지지 않았다. 바람은 열린 창문을 흔들고 정원에서 윙윙거렸으며, 시간은 덧없이 흘렀다. 빗방울이 지붕에 후두두 떨어져 내렸다.

바로 그때, 필리용크는 집의 반대편 다락 위에 꽂혀 있는 피뢰침이 떠올랐다. 아주 천천히, 필리용크는 지붕 가장자리의 모서리를 따라 조금씩 움직이기 시작했고, 눈은 질끈 감고 몸은 지붕에 딱 붙인 채 커다란 집의 지붕 반대쪽까지 돌아가는 동안 자신이 얼마나 자주 현기증이 나는지, 현기증이 심하면 어떤 일이 생기는지 떠올렸다. 이제 손에 피뢰침이 만져지자, 필리용크는 귀중한 삶을 위해 피뢰침을 꼭 부여잡고는 눈을 꼭 감은 채 아까처럼 조심스럽게 발을 끌며 위쪽으로 향했다. 온 세상을 통틀어 필리용크가 믿을 구석이라고는 자신이 붙들고 있는 가느다란 철사 말고는 없었다.

필리용크는 가장자리를 나무로 두른 좁다란 다락 모서리를 붙잡고 나서 몸을 딱 붙이고 가만히 서 있었다. 드디

어 팔다리를 쭉 내뻗은 필리용크는 후들거리는 다리가 멈출 때까지 기다렸고 자신의 행동이 우습다는 생각조차 들지 않았다. 얼굴을 벽에 붙인 채 한 발 한 발 다시 나아가기 시작했다. 창문을 하나하나 지나쳤지만 모두 닫혀 있었다. 너무 긴 코 때문에 계속 가려니 걸리적거렸고, 눈을 뒤덮은 머리카락이 코까지 간지럽혔다.

'균형을 잃을지도 모르니까 재채기하면 안 돼……. 보지도 생각하지도 말자. 슬리퍼 한쪽이 완전히 비틀어졌는데,

아무도 날 신경 쓰지 않으니까. 코르셋까지 구겨져 버리다니 정말 너무 끔찍한 순간이야…….'

　이제 비가 다시 내리기 시작했다. 필리용크는 눈을 뜨고 어깨너머로 내다보았지만 기울어진 지붕과 지붕 끄트머리 말고는 아무것도 보이지 않았고, 다시 다리가 덜덜 떨려 왔으며, 세상이 빙글빙글 돌면서 현기증이 났다. 그러자 몸이 벽에서 떨어졌고 딛고 서 있던 모서리가 좁고 가느다란 낫처럼 변해 필리용크의 삶이 송두리째 끝없는 나락으로 떨어져 버릴 듯했다. 필리용크는 무척 천천히 바깥쪽에 기대섰는데, 언제 떨어질지 모르는 위험천만한 자세였고, 영원히 그 자리에 있을 듯이 한참 가만히 멈추고 있다가 다시 벽에 몸을 기대었다.

　이제 필리용크는 벽에 몸을 딱 붙이고 움직여 나아가려고 용을 쓰는 존재일 뿐, 다른 아무것도 아니었다. 저쪽에 창문이 나 있었다. 바람에 굳게 닫힌 창문이었다. 낡아빠진 창틀에는 붙잡거나 잡아당길 만한 작은 못 하나도 박혀 있지 않았다. 필리용크는 머리핀을 욱여넣어 보았지만 금세 구부러져 버렸다. 창문 너머로 비눗물이 든 물통과 먼지떨이가 보였는데, 고요한 일상이 고스란히 남아 있는 광경이었고, 가 닿을 수 없는 세상이었다.

　먼지떨이! 먼지떨이가 창문 틈새에 끼어 있었다……. 필리용크의 심장이 요동쳤다. 필리용크는 창문 틈새로 삐죽이 튀어나온 먼지떨이 끄트머리를 보고 아주 조심스럽게, 천천히 잡아당겼다…….

'아, 제발 부러지지 마. 낡아빠진 먼지떨이가 아니라 새로 산 질 좋은 먼지떨이였더라면 좋았을 텐데……. 이제 두 번 다시 낡은 먼지떨이도 두지 않고, 헌것은 아무것도 쓰지 않고, 뭐든 펑펑 써야지. 청소도 하지 않겠어. 그동안 원칙에 얽매여서 청소도 너무 많이 했어……. 이제 예전의 필리용크랑은 전혀 다르게 살 테니까…….'

그때 필리용크는 절망적인 마음으로 지푸라기라도 잡는 심정으로 이런 생각을 했는데, 필리용크는 필리용크일 뿐, 다른 누가 될 수는 없었다.

먼지떨이는 잘 버텨 주었다. 창문이 아주 천천히 밀리더니 바람에 확 밀려 벽에 쾅 부딪히며 벌컥 열렸고, 필리용크가 안전한 방 안으로 곤두박질치듯 뛰어들어 바닥에 드러눕자, 배 속이 울렁거리며 구역질이 났다.

필리용크의 머리 위로 천장에 달린 전등이 왔다 갔다 하며 흔들렸는데, 전등 갓 끄트머리를 빙 둘러 술이 늘어져 있었고, 술 하나하나마다 작은 구슬이 매달려 있었다. 필리용크는 전등을 유심히 올려다보다가 전에는 제대로 본 적이 없는 작은 술의 모양을 보고 깜짝 놀랐다. 게다가 전

등갓이 붉은색인 줄은, 그것도 노을빛처럼 무척 아름다운 붉은색인 줄은 전혀 모르고 있었다. 심지어 천장에 달린 고리조차 낯설고 독특한 모양이었다.

이제 필리용크의 기분이 조금 나아졌다. 필리용크는 고리 하나에 전등 전체가 다른 쪽도 아니고 아래쪽으로 매달려 있다는 사실이 얼마나 신기한지, 무엇 때문에 그렇게 매달려 있는지 곰곰이 생각하기 시작했다. 방이 온통 달라 보였고, 모든 것이 새로웠다. 필리용크는 거울 앞으로

가서 자신을 바라보았다. 한쪽 코에는 긁힌 자국이 나서 엉망이 되었고, 머리카락은 빗물에 젖어 축 늘어져 있었다. 눈도 다르게 보이자, 필리용크는 생각했다.

'눈은 보려고 있는데, 그러면 눈으로 어떻게 보는 걸까……?'

비에 젖은 필리용크는 몸이 으슬으슬 떨리기 시작했고, 단 몇 초 동안이었지만 살면서 가장 심하게 넘어진 탓에 커피를 끓이기로 했다. 하지만 찬장을 열었을 때, 필리용크는 난생처음으로 자신이 그릇을 너무 많이 가지고 있다는 사실을 깨달았다. 정말이지 커피 잔이 너무 많았다. 셀 수 없이 많은 그릇과 접시와 찻잔이 쌓여 있었고, 수백만 개나 되는 식기가 필리용크 단 한 명만을 위해 존재하고 있었다. 필리용크가 죽고 나면 이 많은 그릇은 다 누가 갖게 될까?

필리용크는 찬장 문을 쾅 닫으며 중얼거렸다.

"나는 절대로 죽을 일 없어."

필리용크는 거실로 뛰어 내려가서 가구들 사이를 비틀거리며 침실을 들어갔다가 나왔고, 거실로 달려가 커튼을 모두 열어젖힌 다음, 다시 다락방으로 올라갔는데 주위가 온통 고요하기만 했다. 필리용크는 방문을 열어 놓은 채 장롱을 열어 여행 가방을 꺼내 들었고 이제 무엇을 해야 할지 깨달았다. 다른 이들을 만나러 떠나야 했다. 필리용크는 다른 이들이 그리웠다. 이야기를 나누며 친절하게 대하고 서로 오가며 하루를 채워 주어 끔찍한 생각을 할 틈조차 주지 않을 그 누군가. 헤물렌은 아니었다. 밈블도, 절대로 밈블도 아니었다! 하지만 무민 가족은 괜찮았다. 무민마마라면 언제든 반갑게 맞아 줄 터였다. 이런 기분이 들 때는 사그라지기 전에 빨리 결정하고 행동에 옮겨야 하는 법이다.

 필리용크는 여행 가방을 열어 무민마마에게 줄 은빛 꽃병을 집어넣었다. 물통에 든 비눗물은 지붕에 쏟아 버리고 창문을 닫았다. 머리카락을 말린 필리용크는 머리를 마는 핀을 꽂은 다음, 차 한 잔을 마셨다. 집은 다시 예전처럼 고요해졌다. 찻잔을 부신 다음, 필리용크는 가방에서 은빛 꽃병을 꺼내고 그 대신 도자기 꽃병을 넣었다. 비가 와서 날이 일찍 어둑어둑해지자, 필리용크는 찬장 전등을 켰다.

 필리용크가 생각했다.

 '도대체 나한테 무슨 일이 일어난 걸까? 저 전등갓은 붉은색이라고 할 수가 없잖아. 약간 고동빛 같은데. 아무튼 이제 떠나야겠어.'

제4장

가을이 깊어 갔다. 스너프킨은 계속 남쪽으로 가면서 천막을 치고 머물며 시간을 보내기도 하고, 멍하니 아무 생각 없이 여기저기 어슬렁거리며 살펴보기도 하고, 잠도 꽤 많이 잤다. 주위를 주의 깊게 살피기는 했지만 눈곱만큼도 호기심이 들지 않았고 어디로 가는지도 전혀 신경 쓰지 않은 채 발길 닿는 대로 걷기만 했다.

  숲은 비를 맞아 무거웠고 나무들은 깊은 침묵에 잠겨 있었다. 온 세상이 시들거나 죽어 버렸지만 땅 밑에서는 늦가을이 여름과는 아무 관계도 없는 비밀 정원을 맹렬한 기세로 키워 냈는데, 불룩하게 부풀어 올라 반질반질하게 윤이 나는 이상하게 생긴 식물이 자랐다. 벌거벗은 블루베리 덤불은 누런빛이 감도는 초록빛으로 물들었고 크랜베리 열매는 피처럼 붉었다. 숨어 있다가 자라기 시작한 이끼는 숲을 온통 뒤덮은 커다랗고 부드러운 양탄자 같았다. 곳곳에서 색다르고 강렬한 빛깔이 내뿜어져 나왔고, 어디에나 마가목의 붉은 열매가 빛났다. 하지만 고사리는 검은빛이었다.

스너프킨은 노래를 짓고 싶었다. 노랫가락이 무르익었다고 자신할 수 있을 때까지 기다린 스너프킨은 어느 저녁에 배낭 맨 밑바닥에서 하모니카를 꺼내 들었다. 지난 8월, 무민 골짜기 어딘가에서 노래 한 곡을 멋지게 시작할 수 있는 다섯 음계를 찾아냈다. 잠잠하고도 자연스럽게 떠오른 노랫가락이었다. 이제 그 노랫가락을 꺼내 비 노래를 만들 때가 되었다.

스너프킨은 귀를 기울이며 잠자코 기다렸다. 다섯 음계는 좀처럼 다가오지 않았다. 스너프킨은 노랫가락이 어떤지 잘 알고 있었기 때문에 아무 걱정도 하지 않고 기다리

기만 했다. 하지만 스너프킨에게 들리는 소리라고는 희미한 빗소리와 흐르는 물소리뿐이었다. 마침내 주위가 칠흑같이 어두워졌다. 스너프킨은 담뱃대를 꺼냈다가 다시 집어넣었다. 다섯 음계가 무민 골짜기 어딘가에 남아 있고, 그곳으로 돌아가지 않고는 찾지 못하리라는 사실을 깨달았다.

손쉽게 잡을 수 있는 노래는 수백만 가지나 되었고 새로운 노래도 끊임없이 떠올랐다. 하지만 스너프킨은 그 노래를 모두 그냥 흘려보냈는데, 누구나 지을 수 있는 여름 노래였기 때문이었다. 스너프킨은 천막 안 침낭 속으로 기어 들어가 머리끝까지 뒤집어썼다. 희미한 빗소리와 흐르는 물소리가 변함없이 들려왔는데, 외로움과 완벽함을 담은 부드러운 음색이었다. 하지만 아무리 비가 온들 비 노래를 지을 수 없는 스너프킨에게 무슨 소용이 있겠는가.

제5장

천천히 잠에서 깬 헤물렌은 정신이 들자, 자기가 헤물렌이 아니라 모르는 다른 누가 되었으면 좋겠다고 생각했다. 잠자리에 들었을 때보다도 더 피곤했고 이제 저녁까지 계속될 새날이 밝았으며 그리고 나면 그다음 날이, 또 그다음 날이 계속되고 헤물렌이 사는 동안 똑같은 날이 끊이지 않고 이어질 터였다.

이불 속으로 기어 들어간 헤물렌은 베개에 얼굴을 파묻고 침대 가장자리 시원한 침대보 쪽으로 뭉그적뭉그적 배를 움직였다. 헤물렌은 팔다리를 쭉 내뻗어 침대를 모두 차지한 다음, 멋진 꿈을 꾸기를 기다렸지만 꿈은 꾸지 못

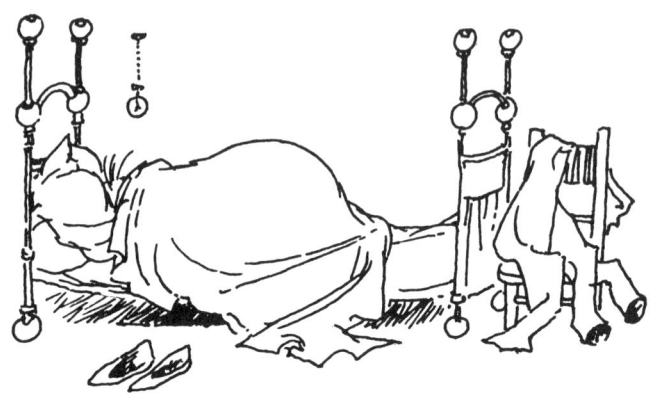

했다. 몸을 둥그렇게 말아 작게 웅크려도 소용없었다. 헤물렌은 모두가 좋아하는 헤물렌이 되려고도 해 보았고, 아무도 좋아하지 않는 불쌍한 헤물렌이 되려고도 해 보았다. 하지만 헤물렌은 헤물렌일 뿐, 아무리 최선을 다해 보아도 정말 좋은 헤물렌은 될 수 없었다. 마침내 헤물렌은 자리에서 일어나 바지를 입었다.

 헤물렌은 옷을 입고 벗기를 좋아하지 않는데, 아무 의미 없이 하루하루가 지나가 버리는 느낌이 들기 때문이었다. 그러면서도 아침부터 저녁까지 내내 정리하고 꾸미고 자리를 바로잡는 데 매여 있었다! 헤물렌의 주위에 있는 이들은 하나같이 얼렁뚱땅 되는 대로 살아서, 헤물렌은 보이는 곳마다 제대로 된 뭔가를 채워 넣었고, 보이는 이들마다 어떻게 살아야 하는지 이해시키려고 갖은 애를 썼다.

헤물렌이 울적한 기분으로 이를 닦으며 생각했다.

'다들 제대로 살 마음이 없는 모양이지.'

헤물렌은 진수식 때 배와 함께 찍은 사진 속 자신의 모습을 물끄러미 바라보았다. 멋진 사진이었지만 더욱 슬퍼지기만 했다.

헤물렌은 생각했다.

'배 모는 법을 배워야겠어. 그런데 시간이 나야 말이지……'

갑자기 헤물렌은 이제껏 자신이 해 온 일이 이쪽에 있는 물건을 다른 쪽으로 옮기거나, 다른 이들에게 그런 물건은 어디에 놓아야 한다고 일러주는 데 지나지 않았다는 생각이 들었고 자신이 모든 일을 그냥 내버려둔다면 어떻게 될지 궁금해졌다.

헤물렌은 칫솔을 다시 유리컵에 꽂아 놓으며 혼잣말을 중얼거렸다.

"아무 일도 일어나지 않겠지. 누가 됐든 모든 일을 제대로 처리할 테니까."

이렇게 말하고 나자 헤물렌은 놀란 데다 겁도 조금 났는데, 시계가 12시를 알리자 등줄기가 서늘해졌고 불현듯

드는 생각이 있었다.

'그럼 배를 타고 떠나야겠군…….'

그러자 갑자기 속이 메스꺼워져서 침대로 가서 누웠다.

가엾은 헤물렌이 생각했다.

'이제 아무것도 이해가 안 돼. 내가 왜 그런 생각을 했지? 생각해서도 안 되고, 너무 깊이 파고들어서도 안 되는 일이 있는데.'

헤물렌은 울적한 아침을 씻은 듯이 털어 버리려고 뭔가 다른 즐거운 일이 없나 필사적으로 떠올려 보았고, 생각하고 또 생각한 끝에 정겨운 여름날 기억이 희미하게 떠올랐다. 헤물렌은 무민 골짜기를 기억하고 있었다. 까마득히 오래전이었지만 한 가지는 뚜렷이 떠올랐다. 남쪽으로 난 손님방에 머무르며 잠에서 깨는 아침마다 얼마나 기분이 좋았는지 모른다. 창문은 열려 있었고, 여름 산들바람이 새하얀 커튼을 부드럽게 흔들고 창문 고리를 가만가만 움직였……. 파리도 천장에서 윙윙댔다. 급할 일도 없었다. 베란다에서는 커피가 기다리고 있었고, 모두 제자리에 잘 정돈되어 있었으며, 무엇 하나 복잡할 것 없이 알아서 착착 잘 돌아갔다.

뚜렷이 기억나지는 않지만 한 가족도 있었는데, 여기저기 살금살금 걸어 다니며 뭔가 친숙하면서도 뚜렷하지는 않은 방법으로 자기 일을 해 나가는, 제법 단순한 가족이었다. 그 가족의 아빠는 좀 더 또렷이 기억이 났고 아빠의 배도 기억났다. 부잔교도 기억났다. 하지만 그 무엇보다도 아침에 일어날 때 느꼈던 상쾌하고 즐거운 기분이 가장 좋았다.

자리에서 일어난 헤물렌은 걸어가서 칫솔을 찾아 주머니에 찔러 넣었다. 더는 속이 메스껍지도 않았고, 완전히 새로운 헤물렌이 된 기분이 들었다.

여행 가방도 우산도 없이 길을 떠나는 헤물렌의 모습은 아무도 보지 못했고, 헤물렌은 이웃들 누구에게도 작별 인사를 하지 않았다.

헤물렌은 경치를 보며 돌아다니는 데 익숙하지 않았다. 몇 번이나 길을 잃고 헤맸지만 걱정스럽지도, 화가 나지도 않았다.

헤물렌은 쾌활하게 생각했다.

'길을 잃은 적은 처음인걸. 이렇게 비에 쫄딱 젖은 적도 처음이고!'

헤물렌은 팔을 휘두르며 자신이 어떤 노래에 등장하는, 고향을 떠나 수천 킬로미터를 홀로 비를 맞으며 걸어가는 한 남자 같다고 생각했고, 거칠 것 없이 자유로웠다. 헤물렌은 정말이지 기분이 좋았다! 머지않아 베란다에 앉아

따뜻한 커피를 마시게 되리라.

골짜기 동쪽으로 1킬로미터쯤 걸어가자 강에 도착한 헤물렌은 어두운 강물이 흘러가는 모습을 골똘히 바라보며 삶이 강 같다는 생각이 들었다. 강을 천천히 항해해 가는 이들이 있는가 하면 또 어떤 이들은 서둘러 가고 또 어떤 이들의 배는 뒤집히기도 한다.

헤물렌은 진지하게 생각했다.

'이 생각을 무민파파에게 말해 줘야겠군. 이건 정말 새롭기 그지없는 생각이니까. 오늘은 생각이 정말 쉽게 떠오르고 온 세상이 간단해 보이는군. 모자를 비스듬히 쓰고 문을 열고 밖으로 나왔을 뿐인데 말이야, 그렇지? 아무래도 배를 띄워야겠어. 바다를 항해해야지. 손에 쥔 키가 느

꺼지는군……. 손에 쥔 키가 느껴져…….'

같은 말을 계속 되뇌며 기분이 너무 좋아진 헤물렌은 가슴이 뻐근할 정도였다. 커다란 배에 둘러진 허리띠를 바짝 조인 헤물렌은 강을 따라 계속 걸었다.

헤물렌이 도착했을 때, 무민 골짜기는 잿빛 비안개가 짙게 끼어 있었다. 헤물렌은 정원으로 곧장 걸어 들어갔다가 어리둥절해서 멈추어 섰다. 뭔가 잘못되었다. 예전과 똑같아 보이면서도 똑같지 않았다. 시든 이파리 하나가 콧잔등에 내려앉았다.

헤물렌이 소리쳤다.

"아니, 이렇게 멍청할 수가. 여름이 아니니까 그렇지, 암. 지금은 가을이잖아!"

이유는 잘 모르겠지만 헤물렌은 늘 무민 골짜기의 여름만을 생각해 왔다. 헤물렌은 집으로 걸어 올라갔고, 베란다 계단 앞에 멈추어 서서 요들을 불러 보려고 했다. 제대로 되질 않았다. 그러자 헤물렌이 소리쳤다.

"안녕하세요! 저기요! 커피 주전자 좀 불 위에 올려 주세요!"

아무 일도 일어나지 않았다. 헤물렌은 다시 한 번 소리친 다음 잠깐 기다렸다.

헤물렌이 생각했다.

'그럼 장난 좀 쳐 볼까?'

헤뮬렌은 외투 깃을 세우고 모자를 푹 눌러쓴 다음, 물통 옆에 있는 갈퀴를 머리 위로 위협하듯 치켜들었다. 그러고는 소리를 질렀다.

"법의 이름으로 명하노니 이 문을 열라!"

헤뮬렌은 웃음이 나서 몸을 흔들면서 자리에 서서 기다렸다. 집은 고요하기만 했다. 기다리며 서 있는 헤뮬렌의 몸 위로 점점 거세어지는 빗줄기가 쏟아졌고, 무민 골짜기에는 요란하게 내리는 빗소리 말고는 아무것도 들리지 않았다.

제6장

홈퍼 토프트는 한 번도 무민 골짜기에 가 본 적이 없었지만 길을 잃지는 않았다. 갈 길은 멀었고 토프트의 다리는 짧았다. 깊은 웅덩이와 늪과 너무 늙어서 혹은 폭풍우를 견디지 못해 쓰러진 커다란 나무 여러 그루가 곳곳에 있었다. 쓰러진 나무는 뿌리째 뽑혀 커다란 흙덩이들이 딸려 올라와 있었고, 그 아래로는 새까만 물웅덩이가 반짝거렸다. 토프트는 그 주위를 돌아갔는데, 물웅덩이와 늪을 마주칠 때마다 빙 돌아 지나갔고 한 번도 길을 잃지 않았다. 자신이 무엇을 하고 싶은지 정확히 알고 있어서 토프트는 기분이 무척 좋았다. 숲에서는 좋은 냄새가 풍겼는데, 심

지어 헤물렌의 배보다도 훨씬 향기로웠다.

 헤물렌한테서는 묵은 종이와 근심의 냄새가 났다. 토프트는 알고 있었다. 한 번은 헤물렌이 배 바깥에 서서 한숨을 내쉬며 방수포를 슬쩍 잡아당겼다가 금세 떠났다.

 이제 비는 그쳤고 숲은 안개로 가득 차서 아름다워 보였는데, 언덕에서 무민 골짜기 쪽으로 내려갈수록 안개는 더욱 짙어지고 웅덩이보다 개울이 늘었으며, 수백 개나 되는 시내와 폭포는 하나같이 길목에 놓여 있어서 토프트는 이 모두를 거쳐 가야 했다.

 이제 무민 골짜기가 무척 가까워졌고, 드디어 토프트가

골짜기에 다다랐다. 무민 골짜기의 자작나무 줄기는 유달리 새하얗게 빛나 알아볼 수 있었다. 하얀 부분은 더 하얬고 어두운 부분은 더 어두웠다. 토프트는 조용히 그리고 천천히 걸으며 주위 소리에 귀 기울였다. 누가 나무를 베고 있었다. 틀림없이 무민파파였고, 겨울나기를 준비하느라 나무를 베는 듯했다. 토프트는 발소리를 더 죽였고, 하다못해 이끼도 거의 밟지 않았다. 강가에 가 닿자 다리와 길이 보였다.

무민파파가 나무 베기를 끝냈는지 이제 모든 개울과 시내가 모여들어 바다로 흘러가는 강물 소리만 들려왔다.

토프트는 생각했다.

'이제 다 왔어.'

다리를 건넌 토프트는 정원으로 들어갔다. 정원은 토프트가 묘사했던 이야기에 나오는 그대로였고, 달라졌을 수도 없었다. 나무들은 11월의 안개 속에 이파리 하나 달지 않은 채 서 있었는데 어느 순간 초록빛 옷을 입고 있었고, 풀밭에는 햇살이 부서져 내리고 있었으며, 달콤하고 감미로운 라일락 향기가 느껴졌다.

토프트가 장작 창고로 한달음에 달려가자, 그곳에는 뭔가 다른 냄새가 도사리고 있었는데, 바로 묵은 종이와 근심의 냄새였다. 헤물렌이 도끼를 끌어안고 장작 창고 계단에 앉아 있었고, 못을 내려치느라 도끼날은 군데군데 이가 나가 있었다. 토프트는 걸음을 멈추고 생각했다.

'헤물렌이잖아. 헤물렌이 저렇게 생겼구나.'

헤물렌이 고개를 들더니 말했다.

"안녕. 난 무민파파인 줄 알았는데. 다들 어디로 갔는지 아니, 응?"

토프트가 대답했다.

"아니요."

헤물렌이 도끼를 집어 들며 설명했다.

"장작에 못이 잔뜩 박혀 있구나. 낡은 판자며 통나무가 온통 못 투성이야! 이야기할 상대가 생겨 다행이다."

헤물렌은 말을 이어갔다.

"난 재미 삼아 왔단다. 옛 친구 집에 불쑥 찾아왔지!"

헤물렌은 웃으며 도끼를 장작더미에 던져 놓았다. 그러고는 말했다.

"흠퍼, 이것들 말이다. 부엌으로 가져가서 잘 마르게 이쪽저쪽으로 번갈아 쌓아 올려 보렴. 그동안 나는 커피를 끓일 테니까. 부엌은 저길 돌아가서 오른쪽에 있다."

토프트가 대답했다.

"저도 알아요."

헤물렌은 집 쪽으로 걸어갔고 훔퍼 토프트는 장작을 주워 모으기 시작했다. 한눈에 봐도 헤물렌이 장작 패는 일에 서툴다는 사실을 알 수 있었지만 재미있었던 모양이었다. 장작에서 좋은 냄새가 풍겼다.

헤물렌은 거실로 커피 쟁반을 들고 가서 기다란 둥근꼴로 된 마호가니 탁자에 내려놓았다.
헤물렌이 말했다.
"무민 가족은 아침 커피는 늘 베란다에서 마신단다. 하지만 손님, 특히 처음 온 손님한테는 바로 이 거실에서 커피를 대접하지."
의자마다 검붉은 벨벳 덮개가 씌워져 있었고, 등에는 레이스가 달려 있었다. 토프트는 아름답고도 장엄한 방을

겁먹은 눈으로 둘러보았다. 가구가 너무 아름다워 앉을 엄두가 나지 않았다. 천장까지 닿은 타일 벽난로는 솔방울 무늬로 장식되어 있었고 난로 조정 끈에는 진주가 수놓여 있었으며 철판으로 된 문은 번쩍거렸다. 서랍장에도 금박 입힌 반짝이는 손잡이가 칸칸이 달려 있었다.

헤물렌이 말했다.

"이봐, 계속 서 있을 거냐?"

토프트는 의자 끄트머리에 걸터앉아 서랍장 위쪽에 걸려 있는 초상화를 바라보았다. 초상화의 주인이 누구인지는 알 수 없었지만, 잿빛 털이 덥수룩하게 나 있었고 미간은 좁고 눈매는 화난 듯했으며 꼬리도 달려 있었다. 코는 이상하리만큼 컸다.

헤물렌이 설명했다.

"저분은 무민의 조상인 앤시스터야. 그때 무민들은 벽난로 뒤에 살았지."

토프트는 텅 빈 다락의 어둠 속으로 사라져 가는 계단으로 눈길을 돌렸다가 몸을 떨며 말했다.
"부엌이 더 따뜻하지 않을까요?"
헤물렌이 말했다.
"네 말이 맞아. 부엌이 더 낫겠어."
헤물렌은 커피 쟁반을 다시 들고 아무도 없는 거실을 나왔다.

하루가 다 가도록 헤물렌과 토프트는 떠나고 없는 무민 가족 이야기를 한마디도 하지 않았다. 헤물렌은 정원으로 나가 낙엽을 쓸며 생각나는 대로 아무 말이나 마구 지껄였고, 토프트는 헤물렌을 따라다니며 낙엽을 모아 바구니에 담으면서 아주 가끔 입을 열었다.

잠깐 헤물렌이 멈추어 서더니 무민파파의 푸른 수정 구슬을 들여다보며 말했다.
"정원 장식품이 됐군. 내가 어렸을 때는 은쟁반 위에 두었지."
그러더니 계속 낙엽을 쓸었다.

토프트는 수정 구슬을 보지 않았다. 혼자 있을 때 유심히 들여다보고 싶었다. 수정 구슬은 무민 골짜기 한가운데에 자리 잡고 있었고, 골짜기에 사는 이들이 늘 비쳐

보였다. 혹시라도 무민 가족 가운데 누구라도 남아 있다면 틀림없이 푸른 수정 구슬 저 깊숙이에서 모습이 보일 터였다.

 어스름이 질 무렵, 헤물렌은 거실로 들어가 무민파파의 알람시계 태엽을 감았다. 시계에서 빠르고도 불규칙적인 소리가 나는가 싶더니 금세 움직이기 시작했다. 이제 시계는 다시 째깍거리며 쉬지 않고 조용히 움직였고, 거실에 생기가 돌았다. 헤물렌은 기압계에 다가갔는데, 장식이 잔뜩 붙어 있는 커다랗고 새까만 마호가니 기압계를 손으로 톡톡 두드리자 '불안정'이라는 글자가 나타났다. 그러자 헤물렌이 부엌으로 들어가서 말했다.
 "정리가 좀 됐군! 이제 불을 새로 피우고 커피를 더 마셔 볼까, 응?"
 부엌 전등을 켜고 찬장에서 계피 쿠키를 찾아낸 헤물렌이 설명했다.
 "이게 진짜 배 위에서 먹는 과자지. 이걸 보니 내 배가 생각나는걸. 흠퍼, 좀 먹어 보렴. 넌 너무 말랐어."
 토프트가 말했다.
 "고맙습니다."
 조금 들뜬 헤물렌은 부엌 식탁 앞쪽에 몸을 기대며 말

했다.

"내 배는 널빤지를 덧대어서 만들었지. 봄에 배를 띄우는 일보다 더 좋은 일이 세상에 어디 있겠어?"

토프트는 과자를 커피에 적시기만 할 뿐, 아무 대답도 하지 않았다.

헤물렌이 말했다.

"잠자코 기다리기만 하면 되지. 그런 다음 마침내 돛을 올리고 떠나면 돼."

토프트는 헤물렌의 앞머리만 물끄러미 바라보았다. 이윽고 토프트가 말했다.

"그렇군요."

헤물렌은 갑자기 쓸쓸해졌고, 집 안은 너무 조용했다. 헤물렌이 말했다.

"하고 싶은 일을 할 시간이 늘 나진 않아. 너는 무민 가족을 알고 있었어?"

토프트가 대답했다.

"네. 무민마마는요. 다른 가족은 어렴풋이 기억나요."

"나도 그래."

이렇게 말한 헤물렌은 토프트가 드디어 뭔가 말해서 기분이 좋아졌다.

"나는 무민 가족을 유심히 살펴본 적이 없어. 너도 알겠지만 무민 가족은 늘 있던 자리에 있었으니까……."

헤물렌은 잠시 머뭇거리며 단어를 떠올리고 조심스레 말을 이었다.

"내 말을 이해할지 모르겠지만…… 무민 가족은 늘 내 주위에 있는 존재 같았어. 그러니까 나무처럼 말이지. 아니면 물건처럼……."

토프트는 다시 입을 다물었다. 잠시 뒤, 헤물렌이 일어나 말했다.

"아무래도 이제 잠자리에 들어야겠다. 내일 또 하루가 시작될 테니까."

헤물렌은 망설였다. 남향의 손님방에서 맞았던 아름다운 여름 풍경은 사라지고 없었고, 이제 헤물렌에게는 어둡고 텅 빈 다락방으로 향하는 계단만 보였다. 헤물렌은 부엌에서 자기로 마음먹었다.

토프트가 중얼거렸다.

"잠깐 나갔다 올게요."

토프트는 밖으로 나가 문을 닫고 부엌 계단에 멈추어 섰다. 바깥은 칠흑 같이 어두웠다. 토프트는 눈이 어둠에 익을 때까지 기다렸다가 천천히 정원을 지나쳐 갔다. 어둠 속에서도 파랗게 빛이 나는 곳으로 다가간 토프트는 수정 구슬을 빤히 들여다보았는데, 바다처럼 깊어 보였고 아찔

할 만큼 기다란 물결이 일렁이고 있었다. 토프트는 더욱더 깊숙이 들여다보며 오래도록 참을성 있게 기다렸다. 마침내 수정 구슬 가장 깊숙이에서 희미하기 그지없는 불빛이 가물거렸다. 등댓불처럼 규칙적으로 나타났다가 사라지고, 나타났다가 사라지길 반복하고 있었다.

토프트는 생각했다.

'정말 멀리 있구나.'

다리로 추위가 파고들었지만 토프트는 그대로 서서 나타났다 사라지는 불빛을 뚫어져라 바라보았다. 불빛은 너무 희미해서 간신히 보였다. 토프트는 무민 가족에게 속았다는 생각이 들었다.

부엌에서 헤물렌은 등불을 들고 서서 담요를 뒤적거려 찾고 담요 놓을 자리를 찾은 뒤 옷을 벗으며 이제 하루가 끝나 밤이 되었다고 인정하는 일이 얼마나 어마어마하고도 내키지 않는 일인지 생각했다.

그러더니 깜짝 놀라 생각했다.

'이게 어떻게 된 일이지? 오늘 내내 정말 즐거웠는데 말이야. 어떻게 그렇게 간단하게 생각했지?'

헤물렌이 그대로 서서 고민하고 있을 때, 베란다 문이 열리더니 누가 거실로 들어오며 의자를 넘어뜨렸다.

헤물렌이 물었다.

"거기서 뭘 하고 있지?"

아무 대답도 없었다. 헤물렌은 등불을 들어 올리고 소리쳤다.

"누구야?!"

나이 지긋한 목소리가 알쏭달쏭한 대답을 했다.

"자네가 알 바 아닐세!"

제7장

그는 어마어마하게 나이가 많았고 뭐든 금세 잊어버렸다. 어느 어둑어둑한 가을날 아침에 잠에서 깬 그는 자기 이름을 잊어버렸다. 다른 이들의 이름을 잊어버리는 일은 조금 울적한 일이었지만 자기 이름을 잊어버리는 일쯤은 아무렇지도 않았다.

그는 자리에서 일어날 생각도 하지 않고 새로운 모습과 생각이 떠올랐다가 사라지도록 내버려둔 채 하루를 보냈고, 까무룩 잠이 들었다가 다시 깨곤 했지만 자기가 누구인지는 전혀 떠오르지 않았다. 평화롭고도 흥미롭기 그지없는 하루였다.

이른 저녁이 되어서야 그는 자기 이름이 무엇인지 생각해 내려고 해 보았다.

'그럼비던가? 펌블? 그럼블? 맘블……?'

너무 많은 이가 자기소개를 해 왔고 그는 그 이름을 금세 잊어버렸다. 그들은 일요일마다 왔다. 그의 귀가 잘 들리지 않는 줄 알고 소리를 고래고래 지르며 말하곤 했다. 그들은 밤 인사를 하고 집으로 돌아가 다음 날 아침이 될 때까지 놀이를 하고 춤을 추고 노래를 불렀다. 그들은 그의 친척들이었다.

그는 침통하게 중얼거렸다.

"그럼블이었지. 이제 일어나면 세상에 있는 친척들을 깡그리 잊어버려야겠군."

그럼블 할아버지는 밤이 다 가도록 창가에 앉아 어두운 바깥을 내다보며 기대에 가득 차 있었다. 누군가가 그럼블 할아버지의 집을 지나쳐 숲을 향해 곧장 들어갔다. 맞은편 만의 수면 위로 창문에서 비친 불빛 하나가 반짝거렸다. 연회를 벌이고 있을지도, 아닐지도 몰랐다. 밤이 천천히 흘러가는 동안 그럼블 할아버지는 뭔가 하고 싶어지기를 기다리고 있었다.

동이 트기 전 어둠 속에서 그럼블 할아버지는 문득 오래전에 딱 한 번 간 적이 있는 무민 골짜기에 가고 싶다는 생각이 들었다. 이야기를 들었거나 책에서 본 적이 있을 뿐일지도 모르지만 상관없었다. 무엇보다 무민 골짜기를 흐르는 시내가 가장 중요했다. 아니, 강이었던가? 아무튼 개울은 아니었다. 그럼블 할아버지는 시내였다고 결론을 냈는데, 개울보다는 시내를 더 좋아했기 때문이었다. 맑은 시냇물이 흘러가는 다리 위에 앉아 두 다리를 흔들며 작은 물고기들이 물속을 헤엄치는 모습을 바라보고 싶었다. 집에 가서 잠자리에 들라고 말하는 이도 없을 터였다. 건강이 좋은지 나쁜지 생각할 틈도 주지 않고 어떤지 묻자마자 다른 이야기를 뒤이어 늘어놓는 이도 없을 터였다. 밤새도록 놀이를 하고 노래를 부를 수 있는 곳이었고, 그럼블 할아버지는 가장 늦게까지 남아 있다가 동이 틀 무렵에 집으로 돌아갈 수도 있었다.

그럼블 할아버지는 곧장 떠나지는 않았다. 정말 하고 싶은 일은 뒤로 미루어야 한다고 배워 왔고, 미지로 여행을 떠나려면 충분히 준비해야 하고 심사숙고해야 하는 법이라고 생각했기 때문이었다.

며칠 동안 그럼블 할아버지는 길고 어두운 만 주위를 거닐며 점점 더 깊은 망각에 빠져들었고 무민 골짜기가 점점 더 가까이 다가오는 느낌이 들었다.

마지막까지 남은 빨갛고 노란 나뭇잎이 나무에서 떨어져

그럼블 할아버지가 발을 내딛는 곳마다 굴러 다녔고 (그럼블 할아버지의 다리는 아직도 튼튼했다.) 가끔 그럼블 할아버지는 걸음을 멈추고 지팡이 끄트머리로 예쁜 나뭇잎을 집어 올리며 혼잣말을 중얼거리곤 했다.

"단풍잎이로군. 이건 잊어버리면 안 되지."

그럼블 할아버지는 무엇을 기억하고 싶은지 뚜렷이 알고 있었다.

요 며칠 사이에 그럼블 할아버지는 기억을 정말 많이 잃었다. 아침이면 변함없이 수수께끼 같은 기대감을 가득 안고 일어났고 무민 골짜기가 더 가까이 다가오도록 곧장 잊어버리기 시작했다. 아무도 그럼블 할아버지를 방해하지 않았고, 아무도 그럼블 할아버지가 누구인지 말해 주지 않았다.

그럼블 할아버지는 침대 밑에서 바구니를 찾아 꺼내어 모든 약과 배가 아플 때 한 모금씩 마시는 작은 술병을 집어넣었다. 샌드위치도 여섯 개 만들고 우산도 챙겼다. 그럼블 할아버지는 탈출할 준비를 했고, 집에서 도망쳤다.

지난 몇 년 동안 그럼블 할아버지의 집 마룻바닥에는 온갖 물건이 쌓여 있었다. 치워야 할 물건도 너무 많았고 치우면 안 될 이유도 너무 많았다. 섬처럼, 마치 쓸모없이 잃어버린 물건들이 모인 다도해처럼 여기저기 흩어져 있었고, 그럼블 할아버지는 습관처럼 그 물건들을 피해 어슬렁어슬렁 돌아다녔으며, 날마다 그렇게 방을 돌아다니면 특유의 긴장감이 느껴짐과 동시에 영원히 이렇게 되풀이해야 할지도 모른다는 생각이 들었다. 그럼블 할아버지는 이제 더는 아무것도 필요 없겠다고 생각했다. 빗자루를 들고 폭풍처럼 물건을 모두 쓸어냈다. 음식물 쓰레기, 짝을 잃은 슬리퍼, 먼지 뭉치, 구석에 굴러다니는 알약, 깜박 잊고 사지 않은 물건 목록, 수저와 포크와 단추와 뜯지 않은 편지들까지 모든 물건을 모조리 쓸어 한데 모았다. 그런 다음 커다란 무더기에서 안경 여덟 개를 골라내어 바구니에 넣은 다음 생각했다.

'이제 정말 색다른 것만 볼 테다.'

이제 무민 골짜기가 정말 가까이 다가왔고, 모퉁이만 돌면 되었으며, 그럼블 할아버지는 아직 일요일이 되지 않았다는 사실을 깨달았다.

금요일 아니면 토요일일지도 몰랐고, 어쨌든 집을 나선 그럼블 할아버지는 물론 작별 편지를 남겼다. 그럼블 할아버지는 편지에 이렇게 썼다.

'이제 나는 내 갈 길을 간다. 건강은 문제없다. 나는 귀머거리가 아니라서 지난 백 년 동안 너희가 한 말을 모두 들었고, 나 몰래 늘 연회를 해 왔다는 사실도 다 알고 있다.'

서명은 하지 않았다.

그리고 나서 그럼블 할아버지는 실내용 외투를 입고 각반을 두르고 작은 바구니를 든 다음, 문을 열고 밖으로 나와 백 년이라는 오랜 시간을 닫아 버리듯 문을 닫았다. 자신이 하고 싶은 일과 새로운 이름을 다시 한 번 확인한 그럼블 할아버지는 곧장 북쪽으로, 행복한 무민 골짜기로 걸어갔으며 만에 사는 누구도 그럼블 할아버지가 길을 떠난 줄 몰랐다. 빨갛고 노란 나뭇잎이 머리 위에서 흩날리고 있었고 그럼블 할아버지가 잊어버리고 싶어 하는 기억을 씻어내어 주려고 엄청난 가을비가 언덕 저 멀리에서부터 다가오고 있었다.

제8장

무민 골짜기로 가려는 필리용크의 계획은 조금 늦어지고 있었는데, 좀약을 쓸지 말지 망설였기 때문이었다. 바람을 통하게 하고 솔질한 다음 여기저기에 좀약을 넣는 일은 큰 작업이었고, 옷장은 두말할 것도 없이 베이킹 소다와 비누로 박박 문질러야 했다. 하지만 필리용크는 청소용 솔이나 먼지떨이를 만지기만 해도 현기증이 났고 배 속에서부터 공포가 스멀스멀 밀려 올라와 숨 막힐 듯이 목이 메었다. 청소뿐만 아니라 무엇도 할 수가 없었다. 창문을 닦으려던 날 이후로는 아무것도 할 수 없었다.

 가엾은 필리용크 부인은 생각했다.

'하지만 이러면 안 돼. 집이 몽땅 좀먹을 텐데!'

필리용크는 얼마나 집을 비울지 가늠할 수가 없었다. 만족스럽지 않으면 단 며칠 만에 끝날지도 몰랐다. 하지만 괜찮다면 한 달은 족히 있을 터였다. 그렇게 한 달을 보내고 난 뒤에 집으로 돌아왔을 때 옷은 몽땅 좀이 쏠고 수시렁이가 가득 차 있을지도 몰랐다.

필리용크는 좀의 자그마한 입이 옷과 양탄자를 모조리 먹어 치우는 상상을 하며 두려움에 떨었다. 게다가 여우 목도리를 찾아내고 지을 사악할 웃음이란!

결국 필리용크는 너무 지쳐서 더는 아무 생각도 하지 않기로 하고 그대로 여행 가방을 집어 들고, 여우 목도리를 목에 홱 두른 다음, 현관문을 잠그고 길을 나섰다.

무민 골짜기까지는 먼 거리가 아니었지만 필리용크가 도착했을 때, 여행 가방은 돌덩이처럼 무겁게 느껴졌고 다리가 부어올라 장화는 꽉 끼었다. 필리용크는 곧장 베란다로 올라가 문을 두드렸고, 잠깐 기다렸다가 거실로 들어갔다.

필리용크는 집 안을 보자마자 오랫동안 아무도 청소를 하지 않았다는 사실을 깨달았다. 필리용크가 면장갑을 꺼내 끼고 타일 벽난로 모서리를 손가락으로 쓰윽 문지르자 잿빛 먼지 위로 하얗게 긴 줄이 생겼다.

"이럴 수는 없어."

필리용크가 불안에 떨면서 중얼거렸다.

"청소를 하지 않았을 뿐이야. 그럴 수도 있지……."

필리용크는 여행 가방을 내려놓고 창문으로 다가갔다. 창문도 더러웠고, 빗줄기가 유리창에 서글픈 줄무늬를 기다랗게 남겨 놓았다. 커튼이 모두 쳐져 있는 모습을 발견한 필리용크는 그제야 무민 가족이 집을 비웠다는 사실을 깨달았다. 천장의 크리스털 샹들리에에는 띌이 둘러져 있었다. 버려진 집의 차디찬 냄새가 필리용크를 에워싸자 필리용크는 완전히 바보가 된 기분이 들었다. 필리용크는 여행 가방을 열어 무민마마에게 선물로 주려고 가져온 도자기 꽃병을 꺼내 탁자 위에 올려놓았다. 우두커니 선 꽃병이 말없이 비난을 보내는 듯했다. 주위가 끔찍이도 고요했다.

갑자기 필리용크가 위층으로 달려 올라갔다. 위층은 더 추웠고, 겨울에는 사용하지 않는 여름 별장에 괴는 한기가 느껴졌다. 필리용크는 방문을 하나하나 차례대로 벌컥벌컥 열었지만 텅 빈 방에는 모두 차일이 쳐져 있어 어둑어둑했다. 필리용크는 점점 더 불안해져서 서랍을 모조리 열어젖히기 시작했고, 장롱도 열어 보려고 했지만 잠겨서 열리지 않자 정신이 나간 듯이 두 손으로 장롱 문을 쾅쾅 두드려 대다가 다락으로 달려가 문을 잡아당겼다.

그러자 그곳에는 작은 훔퍼가 앉아 필리용크를 쳐다보고 있었는데, 품에는 커다란 책을 안고 있었고 겁에 질린 표정이었다.

필리용크가 소리쳤다.

"다들 어디 갔어? 다들 어디 갔냐고!?"

훔퍼 토프트는 책을 떨어뜨리고 벽 쪽으로 기어갔지만 잔뜩 흥분한 낯선 필리용크의 냄새를 맡았을 때부터 위험하지 않을 줄은 알고 있었다. 필리용크에게서는 두려움의 냄새가 났다.

토프트가 말했다.

"몰라요."

필리용크가 소리쳤다.

"하지만 나는 그들을 만나러 왔단 말이야! 선물도 챙겨 왔어. 아주 예쁜 꽃병이지. 그런데 말 한마디 없이 이사를 가 버리다니, 이럴 수는 없어!"

작은 훔퍼는 고개를 저으며 필리용크를 빤히 쳐다보기만 했다. 그러자 필리용크는 문을 닫고 가 버렸다.

토프트는 바닥에 둘둘 말아 놓은 고기잡이용 그물 옆으로 기어 돌아간 다음, 앉기 편하게 다시 매만지고 계속 책을 읽어 나갔다. 아주 크고 두꺼운 책이었는데, 시작도 끝도 없었고, 책장은 누렇게 빛이 바랬으며, 모서리에는 쥐가 파먹은 자국이 나 있었다. 토프트는 글을 읽는 데 익숙하지 않아서 한 자 한 자 읽어 내려가느라 시간이 오래 걸렸다. 책을 읽는 동안 토프트는 무민 가족이 왜 떠났는지 그리고 어디에 있는지 이 책이 알려 주었으면 했다. 하지만 책은 전혀 다른 이야기를 하고 있었는데, 이상한 동물과 어두운 풍경 그리고 이해할 수 없는 이름만 나왔다. 토프트는 깊은 바다 밑바닥에 방산충과 마지막 남은 화폐석이 살고 있는 줄은 몰랐다. 화폐석 가운데에는 변종이 있었는데, 야광충과 비슷한 모양이었고 시간이 흐르면서 결국 다른 종류의 화폐석이 되었다. 실제 크기는 무척 작고 두려움을 느끼면 더욱더 작아졌다.

토프트가 소리 내어 읽었다.

"이 원생동물의 희귀한 변종은 여전히 수수께끼로 남아 있다. 이들이 이토록 기이하게 진화한 원인은 정확히 규명할 수 없으나 추측컨대, 전류를 띤다는 점이 생존의 중요한 여건이 된 듯하다. 당시 뇌우가 이례적으로 빈번하게 발생했고, 앞서 묘사한 빙하기 후기의 산맥이 이와 같은 사나운 뇌우에 끊임없이 노출된 까닭에 인근 바다가 전류를 띠게 되었다."

토프트는 책을 내려놓았다. 무슨 내용인지 제대로 이해하지 못했고 한 문장도 너무 길었다. 하지만 이 낯선 단어들은 아름답게 느껴졌고 토프트는 한 번도 책을 가져 본 적이 없었다. 토프트는 책을 그물 아래에 숨겨 놓고 가만히 누워 생각에 잠겼다. 고장 난 천장 출입문 아래에 작은 박쥐 한 마리가 거꾸로 매달린 채 잠들어 있었다.

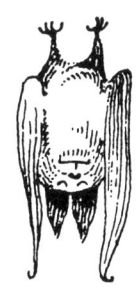

그때 정원에서 필리용크의 날카로운 비명 소리가 들렸는데, 헤물렌을 발견한 모양이었다.

토프트는 자꾸만 졸음이 쏟아졌다. 혼잣말로 행복한 가족 이야기를 해 보려 했지만 잘 되지 않았다. 그러자 대신 어느 외로운 동물 이야기를 시작했는데, 야광충 같은 생김새에 전기를 좋아하는 화폐석 이야기였다.

제9장

밈블은 숲을 가로질러 걸으며 생각했다.

'내가 밈블이라서 얼마나 좋은지 몰라. 나는 머리끝부터 발끝까지 건강하니까.'

밈블은 자신의 길게 쭉 뻗은 다리와 빨간 장화를 좋아했다. 머리 꼭대기에는 옅은 주황빛이 도는 작은 양파 모양으로 단단히 묶어 올린 밈블 특유의 머리가 자신만만하게 빛나고 있었다. 밈블은 늪을 건너고 산을 넘고 땅이 움푹 파여 빗물이 고인 자리에 식물이 자라나는 곳도 지났으며, 재빨리 걷다가 가끔 뛰기도 하면서 자신이 얼마나 가볍고 말랐는지 느껴 보기도 했다.

밈블은 오래전 무민 가족에게 입양된 여동생 미이가 보고 싶어졌다. 미이가 여전히 냉정하고 화도 잘 내고 아직도 반짇고리에 틀어박혀 지내리라고 상상했다.

  밈블이 도착했을 때, 그럼블 할아버지가 다리에 앉아 닭장 철망으로 고기를 잡고 있었다. 그럼블 할아버지는 실내용 외투를 걸치고 각반을 두르고 모자를 쓴 채 우산을 받쳐 들고 있었다. 밈블은 이렇게 가까이에서 그럼블 할아버지를 보기는 처음이라 호기심 어린 표정으로 주의 깊게 유심히 뜯어보았다. 그럼블 할아버지는 깜짝 놀랄 만큼 왜소했다.

  그럼블 할아버지가 말했다.

  "자네가 누군지는 잘 아네. 나는 다름 아닌 그럼블 할아버질세! 자네들이 비밀 연회를 여는 줄도 알지. 밤새도록 자네들 창문에서 불빛이 비치더군!"

  밈블은 관심 없다는 듯이 대답했다.

  "좋을 대로 생각하세요."

  그러고는 물었다.

  "미이를 보신 적 있어요?"

  그럼블 할아버지가 어망을 번쩍 들어 올렸다. 텅 비어 있었다.

  밈블이 다시 물었다.

"미이는 어디 있어요?"

그러자 그럼블 할아버지가 큰 소리로 말했다.

"소리 지르지 마! 귀 안 먹었네. 자네 때문에 물고기들이 겁먹고 도망가잖나!"

"무민 가족도 한참 전에 그렇게 말했었죠."

밈블은 이렇게 말하고는 가 버렸다. 그럼블 할아버지는 재채기를 하더니 우산 속으로 몸을 웅크렸다. 그럼블 할아버지의 시내에는 늘 물고기가 가득했다. 그럼블 할아버지는 다리 밑으로 빠르게 흘러가는 갈색 물을 내려다보았다. 물은 반쯤 잠긴 수천 가지 부유물을 옮기고 있었는데, 온갖 물체가 떠올랐다 잠기며 빠르게 지나가다 저만치에서 사라져 버렸고, 계속해서 지나가다 사라져 갔다……. 그럼블 할아버지는 아픈 눈을 질끈 감고 바닥에 깔린 모래까지 훤히 보일 만큼 맑은 물속에서 반짝거리는 물고기들이 재빨리 헤엄치며 노는 자신의 시내를 떠올렸다…….

그럼블 할아버지는 걱정스럽게 생각했다.

'여긴 뭔가 딱 맞질 않는군. 이 다리는 괜찮아. 잘 맞아 떨어져. 하지만 내가 달라졌지…….'

그럼블 할아버지는 이런저런 생각을 하다 곧 잠이 들었다.

　베란다에는 필리용크 부인이 무릎에 담요를 덮고 골짜기를 모두 가지기라도 한 듯이 앉아 있었지만 그리 기쁜 표정은 아니었다.

　밈블이 말했다.

　"안녕."

　밈블은 보자마자 집이 비었다는 사실을 알아차렸다.

　"안녕."

　필리용크가 형식적이면서도 차갑게 인사했다. 밈블들을 상대할 때면 늘 그랬다.

　"무민 가족이 떠났어. 말 한마디 없이. 문이 잠겨 있지 않은 것만 해도 감사할 일이지!"

　밈블이 말했다.

"무민 가족은 문을 잠그는 법이 없어."

필리용크가 밈블 쪽으로 몸을 슬그머니 기울이며 조용히 말했다.

"잠갔더라. 문을 잠갔더라고. 위층 장롱 문이 잠겨 있더라니까! 물론 그 안에는 잃어버리면 안 되는 값비싼 물건이 들어 있겠지!"

밈블은 필리용크의 불안한 눈동자와 머리를 마는 핀으로 고정해 놓아 단단히 말린 곱슬머리와 목에 두른 꼬리를 문 여우 목도리를 가만히 바라보았다. 필리용크는 아무것도 변하지 않았다. 그때 헤물렌이 정원에 난 길에서 모습을 드러냈는데, 나뭇잎을 쓸고 있었다. 헤물렌의 뒤로는 작은 훔퍼가 뛰어다니며 바구니에 낙엽을 주워 담고 있었다.

헤물렌이 말했다.

"안녕. 너도 왔구나."

밈블이 물었다.

"쟤는 누구야?"

그때 필리용크가 끼어들었다.

"내가 선물을 하나 가져왔는데."

헤물렌이 설명했다.

"토프트야. 정원 일을 거들어 주고 있어."

필리용크가 귀청이 터질 듯이 소리를 질렀다.

"무민마마에게 줄 아주 예쁜 도자기 꽃병이라고!"

"그렇구나."

이렇게 대꾸한 밈블이 헤물렌에게 말했다.

"낙엽을 치우고 있나 봐."

헤물렌이 고개를 끄덕였다.

"보기 좋게 만들어 보려고."

갑자기 필리용크가 소리쳤다.

"오래된 낙엽을 건드리면 안 돼! 위험하다고! 죄다 썩었단 말이야!"

필리용크는 두르고 있던 담요를 바닥에 질질 끌면서 베란다 앞쪽으로 뛰쳐나왔다. 그러고는 소리를 질렀다.

"박테리아가 있어! 유충도! 애벌레 말이야! 건드리지 말라니까!"

헤물렌은 계속 낙엽을 쓸었다. 고집 세고도 악의 없는 얼굴을 일그러뜨리며 헤물렌이 큰 소리로 되뇌었다.

"무민파파를 위해서 치우고 있다고."

필리용크가 가까이 다가오며 위협하듯 말했다.

"내 말 좀 들어 봐."

밈블은 헤물렌과 필리용크를 바라보며 생각했다.

'오래된 낙엽이라고? 다들 정말 이상하단 말이지……'

집 안으로 들어간 밈블은 다락으로 올라갔다. 무척 추웠다. 하얀 서랍장, 오래되어 빛바랜 폭풍 그림, 푸른 깃털 이불까지 남쪽 손님방은 예전 모습 그대로였다. 주전자는 텅 비어 있었고 바닥에는 죽은 거미가 한 마리 있었다. 방 한가운데에는 필리용크의 여행 가방이, 침대에는 연분홍빛 잠옷이 놓여 있었다.

밈블은 여행 가방과 잠옷을 북쪽 손님방에 가져다 놓고 문을 닫았다. 남쪽 손님방은 밈블이 쓰곤 했는데, 서랍장을 덮고 있는 깔개 밑에 밈블이 쓰던 낡은 빗이 있다면 틀림없었다. 밈블이 깔개를 들추자 빗이 보였다. 밈블은 창문가에 앉아 머리를 풀어 기다랗고 아름다운 머리카락을 빗기 시작했다. 아래에서는 실랑이가 한창이었지만 창문이 닫혀 있어 조용했다.

밈블은 계속해서 빗질을 했는데, 머리카락에서 타닥거리는 소리를 내며 정전기가 일었고 점점 윤기가 돌며 더 빛났다. 밈블은 가을이 되어 낯설고 황량한 풍경으로 바뀐 커다란 정원을 물끄러미 바라보았다. 완전히 벌거벗은 나무가 비안개 속에 한 그루, 그 뒤로 또 한 그루 늘어선 모습은 잿빛 배경처럼 보였다. 베란다 앞에서는 소리 없는 실랑이가 계속되고 있었다. 다들 팔을 휘두르고 여기저기 펄쩍펄쩍 뛰어다니는 광경은 나무처럼 비현실적

이었다. 훔퍼만 빼고. 훔퍼는 잠자코 서서 바닥만 내려다보고 있었다.

거대한 그림자가 무민 골짜기를 뒤덮었고, 새로운 비구름이 몰려들고 있었다. 그리고 저 멀리에서는 스너프킨이 다리를 건너고 있었다. 그렇게 짙은 초록빛 옷을 입는 이는 달리 아무도 없으니 스너프킨이 틀림없었다. 스너프킨은 멈추어 서서 라일락 덤불을 바라보았다. 그런 다음 더 가까이 다가왔는데, 가까워질수록 더 느릿느릿 발을 뗐다. 밈블이 창문을 열었다.

헤물렌이 갈퀴를 집어 던지며 말했다.

"깨끗이 청소를 해야 한다고!"

그러자 필리용크가 허공에 대고 서슴없이 말했다.

"그러면 여기는 무민마마가 있을 때하고 달라진다고!"

훔퍼는 가만히 서서 필리용크의 장화를 바라보며 발에 너무 꽉 끼지 않나 생각하고 있었다. 이제 비가 내리기 시작했다. 가지에서 떨어진 마지막 나뭇잎이 서글프게 팔랑거리며 베란다에 내려앉았고, 빗줄기는 점점 더 굵어졌다.

스너프킨이 말했다.

"안녕."

모두 두리번거리며 서로를 바라보았다.

필리용크가 초조한 듯이 말했다.

"비가 쏟아지겠네. 집에는 아무도 없어."

헤물렌도 말했다.

"반가워. 어서 와."

스너프킨은 우물쭈물 망설이더니 모자 그림자 속으로 몸을 움츠렸다. 그러더니 몸을 돌려 강가 쪽으로 걸어갔다. 헤물렌과 필리용크가 뒤를 따라갔다. 스너프킨이 다

리 옆에 천막을 치는 동안 둘은 멀찍이 떨어진 자리에 서서 기다렸고, 스너프킨이 천막 안으로 기어 들어가는 모습을 보았다.

헤물렌이 다시 한 번 말했다.

"잘 왔어."

헤물렌과 필리용크는 잠시 빗속에 서서 기다렸다.

헤물렌이 속삭였다.

"잠들었나 봐. 피곤한 모양이군."

밈블은 헤물렌과 필리용크가 집 안으로 들어오는 모습을 보았다. 밈블은 창문을 닫고 작은 매듭으로 예쁘게 공들여 머리를 올려 묶었다.

편안한 것만큼 좋은 것은 없고 무엇 하나 손쉽게 되는 일은 없는 법이다. 밈블은 누구에게도 아쉬운 마음이 들지 않았고 누구를 만나든 금세 잊었으며 누가 무엇을 하든 간섭하지 않으려고 조심했다. 밈블은 실랑이를 벌이는 이들을 주의 깊게 바라보며 무척 놀랐다.

깃털 이불은 푸른빛이었다. 무민마마는 지난 6년 동안 깃털을 모았고 이제 레이스 달린 이불보가 씌워진 깃털 이불은 남쪽 손님방에 놓여 편히 쉬고 싶어 하는 누군가를 기다리고 있었다. 밈블은 침대 발치에 뜨거운 물통을 놓기로 했고, 뜨거운 물통이 어디에 있는지도 알고 있었다. 닷

새에 한 번씩은 빗물로 머리를 감곤 했다. 노을이 질 때면 잠깐 눈을 붙이기도 했다. 그리고 부엌은 저녁마다 음식을 만드느라 따뜻했다.

다리 위에 엎드려 빠르게 흘러가는 물을 내려다볼 수도 있었다. 아니면 뛰어다니거나, 빨간 장화를 신고 늪을 가로질러 걸을 수도 있었다. 그도 아니면 지붕 위로 떨어지는 빗소리를 들으며 뒹굴 수도 있었다. 즐거운 시간을 보내기란 무척 쉬웠다.

11월의 하루가 저녁 어스름을 향해 천천히 흘러가고 있었다. 깃털 이불 속으로 파고든 밈블은 우두둑 소리가 나게 다리를 쭉 뻗어 발치에 놓아둔 뜨거운 물통을 발가락으로 끌어안았다. 바깥에는 비가 내리고 있었다. 몇 시간쯤 지나고 나면 밈블은 필리용크가 준비한 저녁을 먹을 만큼 배가 고파지고 이야기할 마음도 생길지 몰랐다. 지금은 아늑함에 빠져들 생각뿐 아무것도 하고 싶지 않았고, 몸

을 감싸 주는 커다랗고 푹신한 이불만이 세상의 전부였으며, 다른 무엇도 신경 쓰지 않았다. 밈블은 꿈을 꾸는 법이 없었고, 자고 싶을 때 자고 일어날 만할 때 일어났다.

제10장

 천막 안은 어두웠다. 스너프킨은 침낭에서 기어 나왔는데 다섯 음계는 아직도 떠오르지 않고 있었다. 노랫가락이 나올 기미조차 없었다. 바깥은 쥐 죽은 듯이 고요했고, 비는 그쳤다. 스너프킨은 돼지고기를 구워 먹기로 마음먹고 땔감을 가지러 장작 창고로 갔다.

 모닥불을 피웠을 때 헤물렌과 필리용크가 다시 천막으로 찾아와 잠자코 서 있었다.

 스너프킨이 물었다.

 "저녁은 먹었어?"

 헤물렌이 대답했다.

"못 먹었어. 누가 설거지할지 아직 결정이 나지 않았거든."

필리용크가 말했다.

"훔퍼가 해야지."

헤물렌이 말했다.

"아니, 훔퍼는 안 돼. 걔는 정원에서 내 일을 거들어 줬잖아. 필리용크나 밈블 같은 여자들이 할 일이지, 그렇지 않아? 나는 커피를 끓이고 청소를 하잖아. 그럼블 할아버지는 연세가 워낙 많으시니 하고 싶은 일을 하시게 내버려두고."

필리용크가 소리쳤다.

"헤물렌들은 왜 늘 그렇게 정리만 하는지 모르겠어!"

헤물렌과 필리용크는 불안하고도 기대에 찬 눈빛으로 스너프킨을 바라보았다.

스너프킨은 생각했다.

'설거지라. 다들 뭘 모르는군. 설거지란 시냇물에 접시를 넣고, 손을 헹구고, 초록빛 이파리를 던져 버리면 그뿐이지, 별일도 아닌데. 무슨 이야기를 하는지 모르겠단 말이지.'

필리용크가 물었다.

"헤물렌들은 늘 정리 정돈을 하지 않나? 이건 중요한

문제라고!"

스너프킨은 헤물렌과 필리용크가 조금 두려워져 자리에서 일어났다. 뭔가 할 말을 찾아보려 했지만 특별히 할 말이 없었다.

갑자기 헤물렌이 소리쳤다.

"아무것도 하고 싶지 않아! 이 천막에서 자유롭게 살고 싶다고!"

헤물렌은 천막 입구를 걷어 올리고 안으로 기어 들어가 천막을 독차지했다.

필리용크가 속삭였다.

"어떻게 살아야 할지 잘 아는 모양이야."

필리용크는 잠깐 기다리다 떠나 버렸다.

스너프킨은 불 위에 올렸던 프라이팬을 옮겼고, 돼지고기는 새까맣게 타 버렸다. 스너프킨이 담뱃대를 물었다. 잠시 뒤, 헤물렌에게 조심스레 물었다.

"천막에서 자 본 적은 있어?"

헤물렌이 울적하게 대답했다.

"자연과 어우러져 사는 게 내가 아는 최고의 삶이지."

이제 어두컴컴해졌다. 하지만 무민의 집 창문 두 곳에서 빛이 새어 나오고 있었고 그 불빛은 여느 저녁처럼 부드러웠다.

북쪽 다락방에서는 필리용크가 머리 마는 핀을 잔뜩 꽂아 놓아 뒷덜미가 콕콕 쑤셔도 내버려둔 채 이불을 턱 끝까지 덮고 누워 있었다. 필리용크는 천장에 난 구멍이 몇 개인지 세어 보다 배가 고파졌다.

필리용크는 처음부터 줄곧 자신이 요리를 해야겠다고 생각하고 있었다. 찬장 안에 작은 병과 봉지를 가지런히 정리하는 일도 좋아했고, 푸딩이나 크로켓을 만들 때 남몰래 묵은 재료를 넣는 새로운 요리법을 알아내는 일도 좋아했고, 아무도 묵은 재료를 쓴 줄 몰랐다. 필리용크는 재료를 아끼며 요리하길 즐겼고 마카로니 하나도 허투루 쓰는 법이 없었다.

무민 가족이 쓰던 커다란 징은 베란다에 걸려 있었다. 필리용크는 늘 골짜기에 황동 징소리를 뎅뎅 울려서 저녁 먹을 때라고 알리면 모두 뛰어와 "밥 줘! 밥! 오늘은 뭘 준비했어? 아, 얼마나 배고픈지 몰라!" 하고 소리치는 바로 그 순간을 기다려 왔다.

필리용크가 눈물을 흘렸다. 헤물렌이 즐거움을 모조리 빼앗아 버렸다. 필리용크는 기꺼이 설거지도 하려고 했고, 집안일도 알아서 찾아 하려고 했다. 역할을 분담하고 싶었을 뿐이었다. 물론 밈블과 함께.

필리용크는 불이 날지도 모른다는 생각에 등불을 끄고

이불을 머리끝까지 끌어올렸다. 다락방 계단이 삐걱거렸다. 아래층 거실 쪽에서 희미한, 아주 희미한 덜컹 소리가 들려왔다. 텅 빈 집의 어느 문이 닫혔다.

  필리용크는 생각했다.

'텅 빈 집에서 어쩌면 이렇게 많은 소리가 날까?'

  그 순간 필리용크는 집 안이 손님들로 가득 차 있다는 사실이 떠올랐다. 하지만 어떻게 보면 집은 여전히 비어 있다고 생각했다.

  그럼블 할아버지는 가장 멋진 벨벳 쿠션에 얼굴을 묻은 채 거실 소파에 드러누워 있었는데, 누가 몰래 부엌으로 들어가는 소리를 들었다. 아주 조그맣게 유리잔이 쨍그랑거리는 소리가 났다. 어둠 속에서 일어나 앉은 그럼블 할아버지는 귀를 기울이며 생각했다.

'연회를 벌이는군.'

  이제 다시 조용해졌다. 그럼블 할아버지는 차디찬 마룻바닥 위를 살금살금 걸어서 부엌으로 갔다. 부엌도 어두웠지만 식료품 저장실 문틈으로 가느다란 빛줄기가 새어 나오고 있었다.

  그럼블 할아버지가 생각했다.

'아하, 다들 식료품 저장실에 숨어 있구먼.'

 그럼블 할아버지가 문을 벌컥 열자, 양옆에 촛불 두 개를 밝혀 놓고 선반 위에 앉아 절인 오이를 먹고 있는 밈블이 보였다.

 밈블이 말했다.

 "아, 할아버지도 저랑 같은 생각을 하셨나 봐요. 이쪽에 절인 오이가 있고요. 저기에는 계피 과자도 있어요. 저건 겨자 절임이라 할아버지한테는 매울 테니까 드시지 마세요."

 그럼블 할아버지는 곧장 겨자 절임이 든 병을 열고 먹기 시작했다. 맛있지는 않았지만 어쨌든 계속 먹었다.

잠시 뒤, 밈블이 말했다.

"배가 엄청 아프실 텐데요. 배가 빵 터져서 이 자리에서 죽을지도 몰라요."

그럼블 할아버지가 기분 좋게 말했다.

"휴가 때 죽는 법은 없다네. 이 수프 그릇 안에는 뭐가 들었나?"

밈블이 대답했다.

"전나무 잎이에요. 무민들은 겨울잠을 자기 전에 이 잎으로 배를 채우거든요."

밈블이 그릇 덮개를 열어 보더니 말했다.

"앤시스터가 거의 다 드셨나 봐요."

"앤시스터라고?"

이렇게 물으며 그럼블 할아버지는 겨자 절임 대신 오이를 슬그머니 집어 들었다.

밈블이 설명했다.

"난로 안에 살고 계세요. 삼백 살이나 됐고 지금은 겨울잠을 자고 계실걸요."

그럼블 할아버지는 아무 말도 하지 않았다. 자신보다 나이 많은 이가 있다니 기뻐해야 할지, 아니면 기분 나빠해야 할지 결정을 내릴 수가 없었다. 이 문제에 호기심이 든 그럼블 할아버지는 앤시스터를 깨워 친해지기로 마음먹었다.

밈블이 말했다.

"제 얘기를 들으시는 편이 좋을걸요. 앤시스터를 깨우려고 해도 소용없어요. 4월 첫날 일어나실 테니까요. 벌써 절인 오이를 반 통이나 드셨네요."

그럼블 할아버지는 부루퉁해져서 얼굴을 잔뜩 찌푸리고는 절인 오이 몇 개와 계피 과자를 주머니에 욱여넣은 다음, 촛불을 하나 들고 조용히 거실로 돌아왔다. 그럼블 할아버지는 타일 벽난로 앞 마룻바닥에 초를 내려놓고 입구를 열었다. 그 안은 칠흑 같이 어두웠다. 그럼블 할아버지는 촛불을 들고 벽난로 안을 다시 들여다보았다. 종잇조각 하나와 굴뚝에서 떨어진 작은 그을음뿐이었다.

그럼블 할아버지가 소리쳤다.

"거기 있소? 일어나시오! 어떻게 생겼나 한번 봅시다!"

하지만 앤시스터는 아무 대답이 없었다. 전나무 잎을 잔뜩 먹고 겨울잠을 자고 있었다.

종잇조각을 주운 그럼블 할아버지가 들여다보니 편지였다. 그럼블 할아버지는 마룻바닥에 앉은 채 안경을 어디에 두었나 떠올려 보았다. 기억나지 않았다. 그럼블 할아버지는 안전한 곳에 편지를 숨긴 다음, 후 불어 촛불을 끄고 베개에 얼굴을 묻었다.

그럼블 할아버지가 울적하게 중얼거렸다.

"앤시스터도 연회에 초대받는지 궁금하군그래. 어쨌거나 무척 즐거운 하루를 보냈어. 이게 진정 내 삶이지."

훔퍼 토프트는 벽장 안에 누워 책을 읽고 있었다. 옆에는 이 거대하고 낯선 집이 안전하게 느껴질 수 있도록 작은 불빛이 주위를 둥글게 밝혀 주고 있었다.

토프트가 소리 내어 읽었다.

"앞서 언급했듯이, 이 기이한 종은 정기적인 전기 충격을 통해 에너지를 모으며 밤이면 흰빛과 보랏빛을 내뿜는다. 우리는 사실상 사멸했다고 볼 수 있는 마지막 화폐석 종이 수면 위로 떠올라 열대 우림을 찾아가고, 진흙에서 부글거리는 거품에 반사되는 번갯불 근처로 가 닿기 위해 밑바닥도 알 수 없는 늪지에서 고군분투하다 결국 근원적인 원소 형태를 포기하게 되는 과정을 짐작해 볼 수 있다."

토프트는 생각했다.

'마지막 생물은 무척 외로웠겠지. 다른 누구와도 닮지 않았고 가족들도 신경 써 주지 않아서 길을 떠났을 거야. 지금 어디에 있는지 모르겠지만 만나 볼 수 있을까. 혹시 내가 잘 묘사하면 나한테 모습을 보여 줄지도 몰라.'

훔퍼 토프트가 말했다.

"한 장이 끝났으니까 이제 불을 꺼야지."

제11장

11월의 기나긴 밤이 지나고 날이 어슴푸레하게 밝아 오자 바다에서 안개가 밀려들었다. 안개는 언덕을 타고 올라가다 맞은편 골짜기로 미끄러져 내려갔고, 골짜기 구석구석까지 자욱한 안개에 뒤덮였다. 스너프킨은 한두 시간쯤 혼자 있고 싶어 조금 일찍 일어났다. 모닥불은 꺼진 지 오래였지만 춥지는 않았다. 스너프킨은 체온을 유지하는 간단하고도 특별한 비법을 알고 있었는데, 주위의 온기를 그러모은 다음, 꿈도 꾸지 않게 조심하면서 잠자코 누워 있기만 하면 됐다.

안개는 주위를 온통 깊은 침묵 속에 빠뜨렸고, 무민 골짜기는 쥐 죽은 듯 고요했다.

스너프킨이 동물처럼 단박에 일어났다. 다섯 음계가 가까이 다가와 있었다.

스너프킨이 생각했다.

'좋아. 커피를 한잔 마시고 나면 노랫가락은 내 거야.'

(사실 커피는 건너뛰었어야만 했다.)

아침 모닥불이 피워졌고 불길이 타올랐다. 스너프킨은 커피 주전자에 강물을 가득 채워 불 위에 얹은 다음, 뒤로 한 걸음 물러서다 헤물렌의 갈퀴에 걸려 뒤로 벌러덩 넘어지고 말았다. 그 바람에 주전자가 우당탕 요란한 소리를 내며 강 언덕 아래로 굴러 떨어져 버렸고, 헤물렌이 천막 바깥으로 얼굴을 내밀고 말했다.

"어이!"

스너프킨이 대답했다.

"일어났구나."

헤물렌이 머리에 침낭을 뒤집어쓴 채 모닥불로 기어 나왔는데, 날은 춥고 잠이 덜 깨 여전히 졸렸지만 친절하게 굴어야겠다고 마음먹었다.

헤물렌이 말했다.

"자연과 어우러진 삶이란!"

스너프킨은 커피 주전자에서 눈을 돌리지 않고 가만히

있었다.

헤물렌이 말을 이었다.

"상상도 못 했어. 이런 진짜 천막 안에서 밤이 내는 비밀스러운 소리를 들을 줄 누가 알았겠어! 넌 시끄러워서 잠을 잘 못 자거나 한 적 없어?"

스너프킨이 말했다.

"응. 설탕 넣어, 아니면 안 넣어?"

헤물렌이 대답했다.

"넣어 줘. 네 스푼이 좋아."

이제 모닥불 앞이 따뜻하게 데워지기 시작했고 허리도 더는 아프지 않았다. 커피는 무척 뜨거웠다.

헤물렌이 은근하게 말했다.

"넌 정말 멋지다니까. 말이 많지 않잖아. 내 생각에 넌 정말 현명한 것 같아. 말을 잘 안 하니까. 너한테는 내 배 이야기를 해 줘도 좋겠다 싶어."

안개는 아주 천천히 걷히고 있었고, 스너프킨과 헤물렌의 주위뿐 아니라 헤물렌의 커다란 장화 주위로 까맣게 젖어든 땅도 보이기 시작했다. 하지만 헤물렌의 머리는 아직도 안개에 싸여 있었다. 헤물렌은 귀만 빼고 온몸이 제자리를 찾은 느낌이 들었고 커피가 배 속을 따뜻하게 덥혀 주자 갑자기 기분이 좋아지고 들떠서 말했다.

"너와 나, 그러니까 우린 서로를 이해하지. 내 말 좀 들어 봐. 무민파파의 배가 탈의실 부잔교 옆에 있잖아. 그렇지?"

그러자 스너프킨과 헤물렌은 바닷가에서 탈의실로 갈수록 빛깔이 짙어지는 나무판자가 출렁대고 있는 좁다랗고 쓸쓸한 부잔교를 떠올렸고, 끝이 뾰족한 지붕과 붉고 푸른 유리창과 좁고 가파른 계단이 물속으로 이어지는 탈의실도 생각났다.

"배는 없지 않을까."

스너프킨은 이렇게 말하며 찻잔을 내려놓았다. 그리고 생각했다.

'무민 가족은 배를 타고 떠났겠지. 이 헤물렌이랑 그 이야기는 하고 싶지 않은데.'

하지만 헤물렌은 몸을 앞으로 숙이며 심각한 목소리로 말했다.

"가서 살펴보자. 너랑 나, 둘이서만. 그게 낫겠어."

스너프킨과 헤물렌은 서서히 옅어지는 안개 속으로 들어섰다. 숲 속 안개는 검은 기둥 같은 나무가 떠받든 채 끝없이 이어지는 하얀 천장 같은 모습이었고, 고요를 자아내는 길고도 장엄한 풍경이었다. 헤물렌은 자기 배가 떠올랐지만 아무 말도 하지 않았다. 바닷가에 도착할 때까지 잠

자코 스너프킨을 따라가기만 했고, 드디어 세상이 다시금 간단하고 의미 있게 느껴졌다.

탈의실 부잔교는 예전과 똑같은 모습이었다. 배는 없었다. 널빤지와 어망은 만조선 위에 놓여 있었고 거룻배는 숲 안쪽에 올라가 있었다. 안개는 수면 위로 사라져 버렸고 바닷가와 공기 그리고 고요함까지 온 세상이 부드러운 잿빛이었다.

헤물렌이 소리쳤다.

"내 기분이 어떤지 알아? 정말이지 기분이 너무 이상해! 이제 귀도 아프지 않고."

헤물렌은 불현듯 자기 이야기를, 그러니까 다른 이들이 즐거운 시간을 보낼 수 있도록 주위를 정리하려고 얼마나 노력했는지 털어놓고 싶어졌지만 어쩐지 쑥스러웠고 적당한 말도 떠오르지 않았다. 스너프킨은 계속 걸었다. 저 멀리 보이는 바닷가 곳곳에 높은 파도와 태풍이 휩쓸고 지나간 뒤 버려지고 잊힌 물건들, 해조류와 갈대에 뒤섞이고 깔린 물건들, 더러워지고 물에 불은 물건들이 산더미처럼 새까맣게 쌓여 있었다. 쪼개진 판자에는 못과 꺾쇠가 잔뜩 박혀 있었다. 바다는 나뭇가지에 해초가 휘감긴 숲 가장자리 나무까지 바닷가를 모조리 먹어 치우고 있었다.

스너프킨이 말했다.

"바람이 꽤 거센걸."

헤물렌이 뒤에서 소리쳤다.

"나는 엄청 노력했어. 정말 노력해 왔다고."

스너프킨은 여느 때처럼 무슨 말인지는 알아들었지만 달리 더 할 말이 없을 때 내곤 하는 알 듯 말 듯한 소리를 웅얼거렸다. 스너프킨은 탈의실 부잔교를 따라 걸었다. 부잔교 아래의 모랫바닥에는 바다의 움직임에 따라 조금씩 움직이는 고동빛 덩어리가 뒤덮여 있었는데, 폭풍우가 갈기갈기 찢어 놓은 해초들이었다. 안개가 흔적도 없이 걷히더니 갑자기 세상에서 가장 텅 빈 바닷가가 모습을 드러냈다.

헤물렌이 말했다.

"알아들었어?"

스너프킨은 담뱃대를 입에 물고 물속을 들여다보며 말했다.

"그래, 그래."

그러더니 잠시 뒤 말을 이었다.

"작은 배를 만들 때는 꼭 뱃전에 널을 붙여야겠어."

헤물렌이 고개를 끄덕였다.

"나도 같은 생각이야. 내 배가 그렇게 만들어졌어. 작은 배에는 그게 최고지. 그리고 타르를 칠해야지, 니스를 칠

해선 안 돼. 그렇지? 난 봄마다 배를 몰고 나가기 전에 타르를 칠해. 이봐. 내 이야기를 듣고 좀 도와줘. 돛 말이야. 그걸 흰색으로 할지 빨간색으로 할지 결정을 못 하겠거든. 흰색이 고전적이고 좋긴 해. 그렇지? 그런데 또 빨간색을 생각하면 말이지, 어떤 면으로는 모험이 느껴지거든. 어떻게 생각해? 도전 의식을 드러내 볼까?"

스너프킨이 대답했다.

"아니. 난 그렇게 생각하지 않아. 그냥 빨간색으로 해."

스너프킨은 졸음이 쏟아져서 아무것도 하지 않고 천막 안으로 기어 들어가고 싶을 뿐이었다.

집으로 돌아오는 내내 헤물렌은 자기 배 이야기를 계속했다.

헤물렌이 말했다.

"정말 이상하단 말이야. 배를 좋아하는 이들한테는 어떤 연대감이 들어. 무민파파만 해도 그래. 어느 좋은 날 배를 몰고 훌쩍 떠나 버리잖아. 완전히 자유롭게 말이야. 가끔, 그러니까 아주 가끔은 나랑 무민파파가 닮았다는 생각이 들기도 해. 아주 조금이지만, 아무튼."

스너프킨은 알 듯 말 듯한 소리를 냈다.

헤물렌이 가만히 말했다.

"맞아, 정말 그래. 그리고 무민파파의 배 이름이 '모험호'

라는 사실도 뭔가 중요한 의미가 있지 않겠어?"

스너프킨과 헤물렌은 천막 앞에서 헤어졌다.

헤물렌이 말했다.

"멋진 아침이었어. 내 이야기를 들어 줘서 고마워."

스너프킨은 천막을 쳤다. 여름 빛깔인 초록빛 천막은 바깥에서 환한 햇빛이 비쳐드는 느낌을 주었다.

아침이 끝날 무렵 헤물렌은 집에 도착했다. 이제 다른 이들도 하루를 시작했지만, 헤물렌이 아침에 어떤 일을 겪었는지는 아무도 몰랐다. 필리용크는 환기를 시키려고 창문을 열었다.

헤물렌이 소리쳤다.

"좋은 아침이야! 난 어젯밤에 천막에서 잤어! 밤이 내는 소리도 모조리 들었지!"

필리용크는 창틀에 걸쇠를 걸며 뚱하게 물었다.

"무슨 소리?"

헤물렌이 다시 말했다.

"밤이 내는 소리 말이야. 그러니까 밤에 들을 수 있는 소리 말이지……."

필리용크가 말했다.

"아, 그래."

 필리용크는 불안정하고 어떤 일이 생길지 전혀 알 수도 없는 창문을 좋아하지 않았는데, 바람에 열렸다가 다시 쾅 닫히곤 했다……. 북쪽 다락방은 바깥보다도 추웠다. 거울 앞에 앉은 필리용크는 살짝 진저리를 치고는 머리에서 핀을 떼어내며 그동안 자신이 늘 북향으로만 살아왔고, 심지어 집에서조차 그랬다고 생각하니 주위가 온통 자신에게

등을 돌린 듯했다. 방이 눅눅해서 머리카락은 아직도 축축했고 곱슬머리는 난로 꼬챙이처럼 축 늘어졌으며 아침 머리 모양 같은 중요한 일부터 사소한 일 하나하나까지 그리고 집 안에서 밈블과의 관계까지 모두 다 잘못되어 있었다. 집은 눅눅하고 냄새는 퀴퀴하고 먼지도 많아 환기를 시켜야만 했고, 문이란 문은 몽땅 열어 습기를 빼고 뜨거운 물로 구석구석 닦으며 대청소도 해야 했다……

그러나 필리용크는 대청소라는 말이 떠오르자마자 현기증이 나고 구역질이 파도처럼 몰려들어 순간 자신이 아찔하게 높은 낭떠러지에 매달린 느낌이 들었다. 필리용크는 깨달았다.

"나는 두 번 다시 청소를 할 수 없겠지. 청소도 못 하고 요리도 못 하면 어떻게 살지? 그만큼 가치 있는 일이 또 어디 있어."

필리용크는 느릿느릿 계단을 내려갔다. 모두 베란다에 앉아 커피를 마시고 있었다. 필리용크는 그들을 바라보았다. 그럼블 할아버지의 찌그러진 모자와 홈퍼의 덥수룩한 머리, 아침 찬바람에 조금 붉어진 헤물렌의 뻣뻣한 목이 눈에 들어왔다. 이들이 모두 모여 앉아 있었고 밈블의 머리는, 아, 정말 아름다웠다. 갑자기 피로가 몰려오자 필리용크는 자리에 주저앉아 생각했다.

'하지만 다들 날 전혀 좋아하지 않아.'

필리용크는 거실 한가운데에 서서 주위를 둘러보았다. 헤물렌은 시계태엽을 감아 놓았고, 기압계도 두드려 놓았다. 가구는 모두 제자리에 서 있었고 이 거실에서 일어난 모든 일이 필리용크가 알 수 없게 가로막혀 있고 감추어진 듯했다.

갑자기 필리용크는 얼른 부엌으로 들어가 장작을 찾았다. 타일 벽난로에 불을 활활 피워서 버려진 집과 이 집에 머물고 싶어 하는 모든 이를 따뜻하게 덥혀 주고 싶었다.

그럼블 할아버지가 바깥 천막에 대고 소리쳤다.
"거기, 안에 있는 자네. 이름은 모르겠네만 잘 듣게. 내가 앤시스터를 구했다네! 내 친구 앤시스터 말일세! 어떻게 그럴 수 있는지 모르겠네만 그 여자는 내 친구가 벽난로 안에 사는 줄도 잊어버렸다네! 이제 그 여자는 자기 침대에 누워 울고 있을 걸세."
스너프킨이 물었다.
"그 여자가 누군데요?"
그럼블 할아버지가 소리쳤다.
"여우 목도리를 두른 여자 말일세. 너무 끔찍하다고 생각하지 않나!?"

스너프킨은 천막 안에서 중얼거렸다.

"곧 진정되겠지요."

놀랍게도 그럼블 할아버지는 너무 실망스러워했다. 지팡이로 땅을 쿵쿵 내리치며 혼잣말로 욕지거리를 잔뜩 늘어놓더니 밈블이 앉아서 머리를 빗고 있는 다리 아래쪽으로 내려갔다.

그럼블 할아버지가 진지하게 물었다.

"내가 앤시스터를 구하는 모습을 보았나? 일 초만 늦었어도 앤시스터가 불에 타 버렸을 걸세."

밈블이 말했다.

"아무튼 타지 않았잖아요."

그럼블 할아버지가 밈블에게 설명했다.

"요즘 젊은것들은 큰 사건이 일어나도 도통 이해를 못 하더라니까. 마음보가 글렀어. 자넨 날 존경할 줄도 모를 테지."

그럼블 할아버지가 어망을 들어 올렸지만 텅 비어 있었다.

밈블이 말했다.

"이 강에는 봄이 돼야 물고기가 있어요."

그럼블 할아버지가 소리쳤다.

"여긴 강이 아니라 시내일세. 여기는 내 시내고 물고기로 가득하단 말일세!"

밈블이 침착하게 말했다.

"잘 들으세요, 할아버지. 여긴 강도 아니고 시내도 아니에요. 그냥 개울이죠. 하지만 무민 가족이 강이라고 부르니까 강이겠죠. 어쨌든 제가 보기엔 개울이에요. 할아버지는 도대체 왜 있지도 않은 걸 만들어 내고 일어나지도 않은 일을 가지고 소란을 피우세요?"

그럼블 할아버지가 대답했다.

"더 재미있으라고 그러지!"

밈블은 머리를 빗고 또 빗었고, 빗은 바닷가 모래밭을 왔다가 가고 또 왔다가 가는 파도처럼 느릿느릿 차분하게 넘실거렸다.

그럼블 할아버지가 일어나 위엄 어린 목소리로 말했다.

"설령 자네 눈에 여기가 개울로 보인다 하더라도, 굳이 내게 그 말을 할 필요가 있나? 어린것이 끔찍하군. 왜 나를 슬프게 하나?"

밈블은 너무 놀라 머리를 빗던 손을 멈추고 말했다.

"전 할아버지를 좋아해요. 할아버지를 슬프게 하고 싶은 마음은 없어요."

그럼블 할아버지가 말했다.

"거참 다행일세. 하지만 다음부터는 세상이 어떻든 내가 믿고 싶은 대로 믿게 놔두게."

밈블이 말했다.

"노력해 볼게요."

그럼블 할아버지는 잔뜩 화가 났다. 발을 구르며 천막으로 간 그럼블 할아버지가 소리쳤다.

"이보게! 저기가 시내인가, 강인가, 아니면 개울인가?! 안에 물고기가 있나, 없나? 왜 무엇 하나 예전 같지 않은가? 그리고 자네는 언제쯤 나와서 관심을 가질 텐가?"

스너프킨이 화가 나서 대답했다.

"금방요."

스너프킨은 정신을 바짝 차리고 귀를 기울였지만 더는 그럼블 할아버지 소리가 들리지 않았다.

스너프킨은 생각했다.

'이제 저들한테 나가 봐야겠군. 이럴 수는 없어. 내가 왜 돌아왔지? 저들이랑 뭘 하면 좋지? 저들은 노래라곤 눈곱만큼도 모르는데.'

스너프킨은 몸을 웅크렸다가 다시 엎드려 침낭에 얼굴을 파묻었다. 하지만 어떻게 해 보아도 그들은 천막 안으로 들어왔고, 내내 곁에 있는 듯했다. 헤물렌의 걱정스러운 눈빛과 침대에 누워 울고 있는 필리용크 그리고 입을 꾹 다물고 땅바닥만 바라보는 토프트와 정신없는 그럼블 할아버지까지…… 그들은 어디에나 있었고, 스너프킨의 머릿속 한가운데를 차지했으며 심지어 천막에서는 헤물렌의 냄새까지 났다.
　스너프킨은 생각했다.
'밖으로 나가야겠군. 생각만 하느니 그들이랑 같이 있는 편이 차라리 낫겠어. 무민 가족이랑은 딴판이야……'
　스너프킨은 생각지도 못한 순간에 불현듯 무민 가족이 그리워졌다.
'무민 가족도 성가시게 굴었어. 같이 이야기하고 싶어 했지. 어디에서나 함께 있었고. 하지만 무민 가족과는 함께 있어도 혼자라고 느낄 수 있었는데. 어떻게 그럴 수 있었지?'
　스너프킨은 놀랍고도 궁금해졌다.
'그렇게 긴 여름을 같이 지내 왔으면서도 무민 가족이 내가 혼자 있을 수 있게 해 주었다는 사실을 어떻게 눈치채지 못했지?'

제12장

훔퍼 토프트는 아주 천천히 그리고 조심스럽게 책을 읽어 내려갔다.

"전기를 발산하지 못하는 환경에 순응해야만 했던 그 혼란스러운 과정은 어떤 단어로도 설명할 수가 없다. 원생동물의 일종인 화폐석은 이 시기에 성장이 현저히 지연되거나 멈추었으리라고 추정된다. 더는 스스로 빛을 발산하지 못하게 되자 이 가엾은 생물체는 외부 세계로부터 몸을 보호할 수 있는 틈새나 깊은 구멍 속에 은둔한 채 살았다."

토프트가 속삭였다.

"맞아. 더는 전기를 내뿜을 수 없으니 누가 공격할지 모르지……. 뭘 어떻게 해야 할지 몰라서 몸을 한껏 웅크리고 있었겠지……."

토프트는 그물 속에 몸을 웅크리고 혼잣말을 시작했다. 이야기 속에서 토프트는 전기 폭풍을 일으킬 수 있었기 때문에 그 동물을 무민 골짜기로 불러들였다. 골짜기 저 멀리에서부터 방방곡곡에 흰빛과 보랏빛 번갯불이 번쩍거리며 점점 더 가까이 다가오고 있었다…….

그럼블 할아버지의 어망에는 작은 물고기 한 마리도 걸리지 않았다. 그럼블 할아버지는 모자를 깊이 눌러쓰고 다리 위에서 잠이 들었다. 그 옆에는 타일 벽난로 앞에 있던 담요를 가져와 깔고 엎드린 밈블이 갈색 물이 흘러가는 모습을 내려다보고 있었다.

헤물렌은 우편함 옆에 앉아 널빤지에 구릿빛 물감으로 커다랗게 '무민 골짜기'라고 쓰고 있었다.

밈블이 물었다.

"누구 보라고 쓰는 거야? 누구든 여기에 오면 무민 골짜기인 줄 바로 알 텐데."

헤물렌이 설명했다.

"그런 게 아니야. 이건 다른 누구를 위해서가 아니라 우리를 위해서 쓰고 있어."

밈블이 물었다.

"왜?"

헤물렌이 우물쭈물 말끝을 흐렸다.

"글쎄……."

헤물렌은 마지막 글자를 쓰며 생각해 보고는 말했다.

"확실히 해 두면 좋잖아? 너도 이해하겠지만 이름에는 특별한 뭔가가 있으니까."

밈블이 말했다.

"난 모르겠는데."

헤물렌은 주머니에서 커다란 못을 꺼내 널빤지를 다리 난간에 달기 시작했다. 잠에서 깬 그럼블 할아버지가 중얼거렸다.

"앤시스터를 구해야 해……."

그때 모자를 깊이 눌러쓴 스너프킨이 천막 밖으로 나와 소리쳤다.

"도대체 뭐 하고 있어!? 당장 그만둬!"

모두 스너프킨이 그렇게 흥분한 모습을 한 번도 본 적이 없어서 깜짝 놀라고 당황한 나머지 어쩔 줄을 몰랐다. 아무도 스너프킨을 똑바로 바라보지 못했다. 헤물렌은 못을 다시 빼냈다.

스너프킨이 비난하듯 쏘아붙였다.

"화나게 하지 마! 내가 어떤지 몰라서 그래!"

헤물렌은 스너프킨이 출입 금지, 제한 구역, 닫힘 그리고 입장 금지 등등 사유지를 나타내는 표시가 있는 표지판은 무엇이든 싫어한다는 사실쯤은 알았어야 했다. 누구든 스너프킨에게 조금이라도 관심이 있다면 세상에서 딱 한 가지, 표지판이 스너프킨을 화나게 하고 상처를 주고 내동댕이쳐진 느낌이 들게 한다는 사실을 눈치 챘어야 했다. 이제 스너프킨은 내쳐진 느낌이 들었다. 소리를 질러 대며 마구 휘둘러 대고 싶었고, 세상에 있는 못을 모조리 다 뽑아 버린다고 해도 용서할 수 없었다!

헤물렌은 표지판을 강물에 띄워 보냈다. 글자는 금세 뭉개져서 읽을 수 없게 되었고, 표지판은 물결을 타고 바다를 향해 흘러 내려갔다.

헤물렌이 말했다.

"봤지. 없어졌어. 저건 내 생각만큼 중요하지 않았을지도 모르겠어."

헤물렌의 목소리가 아주 조금 바뀌었다. 아주 조금이었지만 존경심이 묻어 있었고, 스너프킨에게 좀 더 가까이 다가갔으며, 그래야만 했다. 스너프킨은 아무 말 없이 그 자리에 가만히 서 있었다. 그러다 갑자기 우편함으로 뛰어가 안을 들여다본 다음, 커다란 단풍나무로 뛰어가서 텅 빈 줄기 안으로 팔을 집어넣었다.

그럼블 할아버지가 일어나서 소리쳤다.

"기다리는 편지라도 있는 겐가?"

이제 스너프킨은 장작 창고 쪽으로 갔다. 장작 받침대를 뒤집어엎었다. 뒤이어 장작 창고 안으로 들어가 작업대 위에 놓인 작은 선반 뒤쪽을 더듬었다.

그럼블 할아버지가 흥미로워하며 물었다.

"안경을 찾는 겐가?"

스너프킨은 계속 걸어가며 말했다.

"혼자 조용히 찾고 싶은데요."

"그렇지!"

이렇게 소리친 그럼블 할아버지는 온 힘을 다해 스너프킨을 뒤쫓았다.

"자네 말이 옳아. 예전에는 나도 하루 내내 물건들이며 단어며 이름들을 찾아 헤맸는데, 그때 누가 도와주려고 하는 게 가장 싫더군."

그럼블 할아버지가 스너프킨의 외투를 부여잡고 말했다.

"하루 내내 무슨 소리를 했는지 아나? 이거였다네. '마지막으로 어디에서 봤더라? 떠올려 보자. 언제 그랬지? 어디에서 그랬더라?' 하하! 이제 다 끝났다네. 잊어버리고 잃어버리고 싶은 기억은 다 잊었으니. 내가 하고 싶은 말은 그러니까……."

스너프킨이 말했다.

"그럼블 할아버지. 물고기들은 가을이면 바다 쪽으로 가요. 이제 이쪽 강에는 물고기가 없다고요."

그럼블 할아버지가 유쾌하게 고쳐 말했다.

"시내라네. 오늘 처음으로 합리적인 말을 들었군."

그러고는 곧장 돌아가 버렸다.

스너프킨은 계속 뒤졌다. 무민의 편지를 찾고 있었는데, 무민이 작별 인사를 잊을 리 없으니 틀림없이 어디엔가 작별 편지가 있을 터였다. 하지만 편지를 숨겼을 법한 장소마다 모두 텅 비어 있었다.

스너프킨에게 편지를 어떻게 써야 하는지는 무민만 알고 있었다. 간결하고 짧아야 했다. 약속이나 그리움이나 슬픈 내용은 들어가지 않았다. 그리고 늘 농담으로 끝맺었다.

집 안으로 들어간 스너프킨은 위층으로 올라갔다. 계단

난간에 있는 커다란 나무 나사도 풀어 보았지만 역시 비어 있었다.

필리용크가 스너프킨의 뒤에서 말했다.

"텅텅 비었어! 혹시 무민 가족의 귀중품을 찾고 있다면 거긴 아니야. 장롱 속에 넣고 잠갔겠지."

필리용크는 담요를 다리에 두르고 여우 목도리에 얼굴을 파묻은 채 문지방에 앉아 있었다.

스너프킨이 말했다.

"무민 가족은 뭘 잠그는 법이 없어."

필리용크가 소리쳤다.

"너무 추워! 너희는 왜 나를 싫어하지? 왜 나한테 뭔가 할 일을 찾아 주지 않아?"

스너프킨이 중얼거렸다.

"부엌에 가면 될 텐데. 거기가 더 따뜻해."

필리용크는 대답이 없었다. 저 멀리에서 우르릉하는 천둥소리가 희미하게 들려왔다.

스너프킨이 되뇌었다.

"무민 가족은 뭘 잠가 놓지 않는다고."

스너프킨은 장롱으로 가서 문을 열었다. 텅 비어 있었다. 스너프킨은 뒤도 돌아보지 않고 계단을 내려갔다.

필리용크가 천천히 몸을 일으켰다. 텅 빈 장롱 안을 들여다보았다. 먼지로 가득한 어두운 장롱 안에서 섬뜩하고도 낯선 냄새가 풍겼는데, 뭔가 썩어 가는 듯 숨 막히는 단내였다. 장롱 안에는 울로 짠 주전자 덮개가 좀먹어 가고 있었고 바닥에는 잿빛 먼지가 곱게 앉아 있었다. 필리용크는 달달 떨면서 몸을 숙였다. 먼지 위로 아주 작은, 눈에 거의 보이지 않는 무언가가 여기저기 기어 다닌 흔적이 희미하게 남아 있었다……. 뭔가가 이 장롱 안에 살다가 떠났다. 돌멩이를 들추면 보이거나 썩은 식물 아래에서 기어 나오는 녀석들일 테고, 필리용크는 이제 그 녀석들이 바깥으로 나왔다는 사실을 알아차렸다! 뻣뻣한 다리로 껍데기를 덜거덕대며 더듬이를 조심스레 씰룩거리거나 하얗고 부드러운 배를 질질 끌면서 기어 나왔다……. 필리용크가 비명을 질렀다.

"훔퍼! 이리 와 보렴!"

그러자 얼굴을 잔뜩 찌푸린 토프트가 당황해서 벽장을 나와 마치 처음 본다는 듯 필리용크를 바라보았다. 토프트는 훅 끼치는 코를 찌를 듯이 독한 전기 냄새를 맡았다.

필리용크가 소리쳤다.

"그것들이 밖으로 나왔어! 저 안에 살다가 이제 밖으로 나왔다고!"

그때 장롱 문이 벌컥 열렸고 무언가 움직이는 모습을 본 필리용크가 기겁을 하고 소리를 내질렀다! 하지만 문 안쪽으로 달려 있는 거울에 비친 자기 모습일 뿐이었고 장롱은 여전히 텅 비어 있었다.

토프트는 입술 위로 손가락을 가져다 대고는 장롱 가까이 다가가며 석탄처럼 새까만 눈을 크게 떴다. 전기 냄새가 점점 더 강해졌다.

토프트가 속삭였다.

"제가 내보냈어요. 저기 있던 걸 이제 내보냈어요."

필리용크가 불안스레 물었다.

"뭘 내보냈는데?"

토프트가 고개를 저으며 말했다.

"잘 모르겠어요."

필리용크가 말했다.

"하지만 틀림없이 봤겠지. 잘 생각해 봐. 어떻게 생겼니?"

하지만 토프트는 벽장 안으로 들어가 문을 닫아 버렸다. 심장이 쿵쾅거리고 목덜미가 움츠러들었다.

"진짜였잖아. 그 동물이 왔어. 무민 골짜기에 있다고."

토프트는 적당한 자리에서 책을 펴 들고는 허겁지겁 읽어 내려갔다.

"추측건대, 이 생명체는 결국 생존할 수 있는 조건에 길들어야 했고 몸은 새로운 환경에 서서히 적응해 갔다. 이

러한 진화는 가정과 가설에만 의존하고 있을 뿐, 일반적으로 정상적이라고 여기기 어려운 방식으로 특정한 습성 없이 일정 기간 동안 알 수 없는 변화를 계속해 나갔다…….'

토프트는 중얼거렸다.

"하지만 이해를 못 하겠어. 무슨 말이야……. 서두르지 않으면 일이 완전히 잘못될 텐데!"

토프트는 머리를 움켜쥐고 책 위로 쓰러져서는 의기소침하게 생각나는 대로 혼잣말을 계속했지만, 그 동물이 갈수록 작아지고 더 작아져서 손쓸 수 없을 정도가 되었다는 사실을 알고 있었다.

천둥 번개가 가까이, 더 가까이 다가오고 있었다! 사방에서 번갯불이 달려들었다! 전기가 불꽃을 일으켰고 나무가 휘청거렸으며, 그 동물은 바로 지금이라고 느꼈다! 그리고 점점 커졌다……. 이제 번갯불이 더 강렬해져서 가득 찼다! 흰빛과 보랏빛이 번쩍였다! 그 동물은 점점 더 커졌다. 너무 커져서 가족도 필요하지 않을 만큼…….

그러고 나자 기분이 나아졌다. 토프트는 드러누운 채 잿빛 구름이 가득 찬 천장 창문을 올려다보았다. 멀리에서 우르릉거리는 천둥소리가 들려왔다. 그 소리는 마치 짐승이 사납게 화를 내기 바로 전에 목구멍 깊숙이에서 내는 으르렁거리는 소리 같았다.

 한 걸음 한 걸음, 필리용크는 계단을 내려갔다. 필리용크는 이 끔찍한 무언가가 아직 뿔뿔이 흩어져 버리지는 않았다고 생각했다. 오히려 습하고 어두운 구석에 한데 모여 기다리고 있을 듯했다. 낙엽이 썩어 가는 가을 한구석에 숨을 죽인 채 옹송그리고 있을지도 몰랐다. 아니면 그 반대일지도 몰랐다! 침대 밑, 책상 서랍 안, 누군가의 장화 속처럼 어디에나 있을 수 있었다!

 필리용크는 생각했다.

 '이건 불공평한 일이야. 내 주위에는 아무도 이런 일을 겪은 적이 없어. 나한테만 일어나다니!'

 필리용크는 불안에 떨며 천막으로 달려 내려가 막힌 입구를 망설이듯 더듬거리며 속삭였다.

 "열어 줘. 열어 달라고……. 나야, 필리용크라고!"

 스너프킨의 천막 안으로 들어간 뒤에야 마음이 놓인 필리용크는 침낭 위에 주저앉아서는 팔로 무릎을 감싸 안고 말했다.

 "그 녀석들이 나왔어. 장롱 문을 열었더니 밖으로 나와서 이제 어디에 있을지 몰라……. 수백만 마리 징그러운 벌레들이 기다리고 있다니까…….”

스너프킨이 조심스럽게 물었다.

"누가 또 그걸 봤는데?"

필리용크가 조바심을 내며 대답했다.

"물론 아무도 못 봤지. 녀석들은 나를 기다리고 있을 테니까!"

스너프킨은 담뱃대에 담배를 채워 넣으며 뭔가 할 말을 찾으려 애썼다. 이제 다시 천둥소리가 들려왔다.

필리용크가 엄하게 말했다.

"천둥이 친다는 얘기는 하지 마. 벌레들이 다른 곳으로 가 버렸다든가 아예 있지도 않다든가 너무 작아서 해를 입힐 수 없다든가 하는 얘기도 하지 마. 아무 도움도 안 되니까."

스너프킨이 필리용크를 똑바로 바라보며 말했다.

"벌레들이 절대로 들어가지 못하는 장소가 있어. 부엌이지. 녀석들은 절대 부엌에는 들어가지 않아."

필리용크가 심각하게 물었다.

"확실해?"

스너프킨이 말했다.

"확실해."

그때 아주 가까운 곳에서 천둥소리가 쾅쾅 내려쳤다. 스너프킨은 필리용크를 보며 빙긋 웃었다.

스너프킨이 말했다.

"어쨌거나 폭풍우가 몰아치겠어."

바다에서부터 정말이지 거대한 폭풍이 몰려오고 있었다. 흰빛과 보랏빛 번개가 내려쳤는데, 스너프킨은 이제껏 그렇게 많은 번개가 한꺼번에 내려치는 모습을 본 적이 없었다. 갑자기 짙은 어둠이 무민 골짜기를 뒤덮었다. 필리용크는 치맛자락을 그러쥐고 정원을 향해 내달려 부엌문을 열고 들어갔다.

 스너프킨이 킁킁거리며 쇠붙이처럼 차디찬 공기의 냄새를 맡아 보았다. 전기 냄새가 났다. 이제 진동하는 거대한 광선들이 빛으로 된 기둥처럼 나란히 내리꽂히며 번개가 쏟아졌고, 눈부신 빛에 골짜기가 환히 빛났다!

 스너프킨은 기쁘고 감탄스러워 발을 굴렀다. 비바람이 몰려오기를 기다렸지만 오지 않았다. 산봉우리 사이에 거대하고 묵직한 공이 굴러다니는 듯 천둥소리만 이쪽저쪽에서 우르릉거렸고, 사방이 불타는 냄새로 가득하더니 마지막으로 이제 대승을 거둔 듯 귀를 찢는 굉음이 울렸다. 그러더니 정말 쥐 죽은 듯이 고요해졌고, 번개도 치지 않았다.

스너프킨은 생각했다.

'뭔가 이상한 천둥이군. 번개가 어디에 떨어졌는지 궁금한걸.'

그런데 바로 그때, 저 아래 강가에서 울부짖는 소리가 끔찍하게 들려왔고 스너프킨은 등골이 오싹해졌다. 번개가 그럼블 할아버지에게 떨어진 모양이었다!

스너프킨이 도착했을 때, 그럼블 할아버지는 펄쩍펄쩍 뛰며 소리를 지르고 있었다.

"물고기! 물고기라네! 내가 물고기를 잡았어!"

두 손으로 농어 한 마리를 움켜쥔 그럼블 할아버지는 기뻐서 어쩔 줄을 몰라 했다. 그럼블 할아버지가 물었다.

"수프를 끓이는 편이 좋겠나, 아니면 굽는 편이 좋겠나? 여기 훈제 오븐이 있던가? 누가 이 물고기를 망치지 않고 요리할 수 있겠나?"

스너프킨이 웃으며 말했다.

"필리용크요! 그 생선은 필리용크가 요리할 수 있어요!"

필리용크는 문밖으로 고개를 내밀었다. 콧등에 난 수염이 바들바들 떨리고 있었다. 필리용크는 스너프킨을 부엌으로 들인 다음 문을 닫고 속삭였다.

"이제 괜찮아졌어."

스너프킨은 고개를 끄덕였다. 필리용크가 하는 이야기가 천둥이 아니라는 사실쯤은 알고 있었다.

스너프킨이 말했다.

"그럼블 할아버지가 처음으로 물고기를 잡았어. 그런데 헤물렌이 물고기 요리는 자기만 할 수 있다고 하던데. 진짜 그래?"

필리용크가 소리쳤다.

"당연히 아니지! 생선 요리 하면 바로 나라는 사실쯤은 헤물렌도 알 텐데!"

스너프킨이 시무룩하게 말했다.

"하지만 한 마리 가지고 다 같이 먹을 요리를 하기는 어렵겠지."

필리용크가 농어를 낚아채며 말했다.

"하, 그렇게 생각한단 말이지. 어디 여섯 명이 다 같이 먹을 수 있는지 없는지 생선을 한번 보자고!"

필리용크는 부엌문을 열고 심각한 표정으로 말했다.

"이제 가 봐. 난 요리할 때 혼자 있는 편이 좋거든."

문틈에 귀를 대고 엿듣고 있던 그럼블 할아버지가 소리쳤다.

"아하! 아무튼 요리를 좋아하긴 하나 보구먼!"

필리용크가 들고 있던 물고기를 내려놓았다.

스너프킨이 중얼거렸다.

"그런데 오늘이 아버지의 날*이지?"

필리용크가 못 믿겠다는 듯이 물었다.

"확실해?"

필리용크는 그럼블 할아버지를 빤히 바라보다 물었다.

"자녀는 없으세요?"

그럼블 할아버지가 대답했다.

"물론 없네. 나는 친척들이 싫다네! 증손자도 몇 명 있을 텐데, 이젠 다 잊어버렸어."

필리용크가 한숨을 쉬고 말했다.

"왜 멀쩡한 이들이 하나도 없는지 모르겠네요. 이 집에 있으면 돌아 버리겠어요. 이제 저녁을 준비할 테니까 다들 그만 나가 주세요."

필리용크는 문을 걸어 잠근 다음 농어를 집어 들었다. 그리고 무민마마의 부엌을 한번 훑어본 뒤로는 생선을 훌륭하게 요리할 생각 말고는 아무 생각도 하지 않았다.

천둥이 무섭게 내리치는 잠깐 동안 밈블은 온몸에 전기가 흘렀다. 머리카락에서는 정전기가 일었고 팔다리에 난

---

* **아버지의 날**_ 스웨덴과 핀란드에서는 11월의 둘째 주 일요일이 아버지의 날로 지정되어 있다.—옮긴이

작은 솜털까지도 곤두서서 파르르 떨렸다.

밈블은 생각했다.

'이제 겁날 것 없어. 뭐든 할 수 있지만 아무것도 하지 않을래. 하고 싶은 일만 할 수 있다니 얼마나 좋아.'

밈블은 깃털 위불 위에 몸을 웅크린 채 자신이 불타오르는 공 같다고, 천천히 타오르는 유성 같다고 생각했다.

훔퍼 토프트는 벽장 안에 서서 천장 창문으로 하늘을 올려다보고 있었는데, 무민 골짜기로 내리치는 번개를 쳐다보며 자랑스럽고도 황홀한 기분에 빠져들었고, 조금은 무섭기도 했다.

토프트는 생각했다.

'내 천둥이야. 내가 만들어 낸 천둥이라고. 내 이야기가 드디어 실제로 눈앞에 나타나다니. 내가 이야기했던 마지막 화폐석이랑, 원생동물과 한 뿌리인 작은 방산충이……. 나는 천둥을 굴리고 번개를 던질 수 있지만, 내가 이런 훔퍼인 줄은 아무도 모르겠지.'

토프트는 자신이 천둥 번개를 만들어 무민마마에게 벌을 내렸다고 생각했고 자기 자신과 화폐석 말고는 아무에게도 이 일을 말하지 않고 입을 꾹 다물기로 마음먹었다. 공기 중에는 아무 상관없는 다른 전기가 느껴졌지만 토프트에게는 낯설기만 했고, 토프트는 자신이 만든 전기에만 관심이 있었다. 토프트는 더 엄청난 상상이 떠오를 수 있도록 골짜기가 텅 비어 버렸으면 좋겠다고 생각했다. 이야기를 충분히 꼼꼼하게 만들어 내려면 조용한 장소가 있어야만 했다.

천장에 매달린 박쥐는 천둥에도 아랑곳하지 않고 여전히 잠들어 있었다.

아래층 정원에서 헤물렌이 소리쳤다.

"훔퍼! 여기 좀 도와줘!"

토프트는 벽장에서 나왔다. 그러고는 머리를 마구 헝클어뜨리고는 아무 일도 없는 척 조용히 헤물렌이 있는 곳으로 내려갔고, 토프트는 자기 손으로 숲에 폭풍을 일으 킨 줄은 아무도 모르리라고 생각했다.

헤물렌이 말했다.

"천둥이 요란했지, 응? 무서웠어?"

훔퍼가 대답했다.

"아뇨."

제13장

필리용크의 생선 요리는 정확히 2시에 완성되었다. 생선은 김이 모락모락 나는 밝은 고동빛 커다란 푸딩 속에 숨겨져 있었다. 마음을 달래 주는 음식 냄새로 가득 찬 부엌은 진짜 부엌다워 보였는데, 안전하게 마음을 감싸 안아 주는 장소이자 집의 숨겨진 심장이자 편안함의 원천 같았다. 징그러운 벌레도 하나 없고 천둥도 닿을 수 없는, 필리용크가 다스리는 장소였다. 공포와 현기증은 저만치 멀리 밀려나 필리용크의 머릿속 한구석에 옹송그린 채 빗장을 잠그고 있었다.

필리용크는 생각했다.

'정말 다행이야. 두 번 다시 청소는 못 하겠지만 요리는 할 수 있으니까. 희망은 아직 있어!'

필리용크는 베란다 문을 열고 나가 무민마마의 번쩍거리는 황동 징을 들어 자신의 침착하고도 의기양양한 얼굴을 비추어 보고는 둥근 머리 부분을 새미가죽으로 감싼 채를 들고 온 골짜기에 징소리가 울려 퍼지도록 뎅, 뎅 징을 쳤다!

"밥 먹어요! 와서 밥 먹어요!"

그러자 모두 뛰어오면서 소리쳤다.

"뭐야? 무슨 일이야?"

필리용크가 침착하게 대답했다.

"요리가 완성됐어."

부엌 식탁에는 여섯 명 자리가 준비되어 있었고, 그럼블 할아버지의 자리는 한가운데였다. 필리용크는 요리하는 내내 그럼블 할아버지가 자기 생선을 걱정하며 창밖에서 있었다는 사실을 알고 있었다. 이제 그럼블 할아버지는 안으로 들어왔다.

밈블이 말했다.

"음식이라니, 정말 마음에 들어. 오이 절임이랑 계피과자는 어울리지 않더라."

필리용크가 말했다.

"이제 식료품 저장실은 잠가 놓겠어. 부엌은 내가 쓸 테니까. 식기 전에 앉아서 먹어."

그럼블 할아버지가 말했다.

"내 생선은 어디 있나?"

필리용크가 대답했다.

"이 안에 있어요."

그럼블 할아버지가 투덜거렸다.

"하지만 생선이 보이질 않잖은가! 혼자 통째로 먹고 싶었단 말일세!"

필리용크가 말했다.

"부끄러운 줄 아세요. 오늘이 아무리 아버지의 날이라도 그렇지, 이기적으로 구셔서는 안 돼요."

필리용크는 가끔은 노인을 공경하고 삶에 가장 가치 있는 전통을 따르기란 쉽지 않은 일이라고 생각했다.

그럼블 할아버지가 소리쳤다.

"난 아버지의 날을 기념하고 싶지 않네. 아버지의 날이든 어머니의 날이든 착한 어린이의 날이든, 친척들이 싫단 말일세! 커다란 생선의 날을 축하할 수는 없겠나?"

헤물렌이 나무라듯 말했다.

"하지만 이건 진짜 요리란 말입니다. 그리고 우리는 대가족처럼 식탁에 둘러앉아 있잖습니까? 저는 늘 필리용크만이 생선 요리를 할 줄 안다고 말해 왔고요."

필리용크가 웃었다.

"하하하."

필리용크는 다시 한 번 소리 내어 웃고 나서 스너프킨을 바라보았다.

다들 묵묵히 밥을 먹었다. 필리용크는 오븐과 식탁 사이를 오가며 주스를 따라 주고 누가 음식을 흘리면 잔소리를 하며 행복에 젖었다.

헤물렌이 불쑥 말을 꺼냈다.

"우리 아버지의 날을 위해 건배할까요?"

그럼블 할아버지가 말했다.

"그런 건배는 하지 않을 걸세."

헤물렌이 말했다.

"모두를 위해서 잘해 보려고 했을 뿐입니다만. 그리고 무민파파도 아버지라는 사실을 잊으면 안 되잖습니까?"

헤물렌은 하나하나 돌아가며 모두를 진지하게 바라보더니 진지하게 덧붙였다.

"저한테 한 가지 생각이 있는데 말입니다. 무민파파가 돌아오기 전에 우리가 깜짝 선물을 준비하면 어떨까요?"

아무도 대꾸하지 않았다.

헤물렌이 말을 이었다.

"스너프킨은 탈의실 앞 부잔교를 고치면 되고, 밈블은 우리 옷을 세탁하면 되죠. 그리고 필리용크는 대청소를 하면 되고……."

필리용크가 접시를 바닥에 떨어뜨리며 소리쳤다.

"안 돼! 난 두 번 다시 청소를 할 수 없어!"

밈블이 물었다.

"왜? 청소 좋아하잖아."

필리용크가 중얼거렸다.

"기억나질 않아."

그럼블 할아버지가 말했다.

"맞는 말일세. 기분 나쁜 일은 뭐든 기억에서 없애 버려야지. 이제 나는 나가서 물고기를 한 마리 더 잡아다 혼자 몽땅 먹어야겠네."

그럼블 할아버지는 목에 냅킨을 두른 채로 지팡이를 집어 들고 밖으로 나갔다.

토프트가 고개 숙여 인사하며 말했다.

"잘 먹었습니다."

스너프킨도 말했다.

"푸딩 맛있었어."

"정말 그랬니?"

필리용크는 이렇게 말하며 희미한 미소를 지었지만 속으

로는 다른 생각을 하고 있었다.

 저녁 식사를 마친 다음, 스너프킨은 담뱃대를 물고 바다로 향했다. 천천히 걸음을 옮기며 이제야 비로소 혼자가 된 기분이었다. 스너프킨은 탈의실까지 곧장 가서 틈새가 벌어진 좁다란 문을 열었다. 탈의실에서는 곰팡이와 바닷말 그리고 묵은 여름 냄새가 쓸쓸하게 풍겨 왔다.

 스너프킨은 생각했다.

 '집이란 뭘까.'

 스너프킨은 바닷속으로 이어지는 좁고 가파른 계단에 앉았다. 바다는 고요했고 잿빛이었으며 섬 하나도 보이지 않았다.

 '어딘가에 숨어 있는 무민 가족을 찾아서 집으로 돌아오게 만들기란 어렵지 않은 일인지도 몰라. 섬은 지도에 다 나와 있으니까. 거룻배는 물이 새지 않게 구멍을 막으면 되고. 하지만 왜? 그냥 내버려두자. 무민 가족들도 외따로 떨어져 있고 싶을지도 모르니까.'

 스너프킨은 노랫가락도 나오고 싶을 때 나올 수 있도록 더는 찾지 않기로 했다. 스너프킨에게는 다른 노래가 있었다. 스너프킨은 생각했다.

 '오늘 저녁에는 연주를 좀 하는 편이 좋겠군.'

늦가을 밤은 어두컴컴했다. 필리용크는 늘 밤이 싫었다. 깜깜한 어둠 속을 들여다보는 일보다 더 나쁜 일은 없었는데, 그건 마치 동행도 없이 혼자 끝없는 굴속을 똑바로 걸어가는 일과 같았다. 그래서 필리용크는 쓰레기통을 들고 나갈 때면 번개처럼 재빨리 부엌 계단에 내놓고 들어오곤 했다.

하지만 오늘 저녁, 필리용크는 계단에 멈추어 서서 어둠 속에서 들려오는 소리를 듣고 있었다. 스너프킨이 천막 안에서 연주하는 아름다운 노랫가락이 희미하게 들려왔다.

필리용크는 그 누구도, 심지어 자기 자신도 미처 몰랐지만 음악을 좋아했다. 필리용크는 숨죽인 채 끔찍한 생각을 모두 잊어버리고 귀를 기울이고 있었고, 밤의 온갖 위험 속에 손쉬운 먹잇감이 될 수도 있는 필리용크의 키 크고 비쩍 마른 모습이 부엌에서 새어 나오는 불빛에 뚜렷이 드러났다. 하지만 아무 일도 일어나지 않았다. 연주가 끝나자, 필리용크는 깊은 한숨을 내쉰 다음, 쓰레기통을 내려놓고 집 안으로 들어갔다. 쓰레기통은 토프트가 비웠다.

벽장 안에서 훔퍼 토프트는 이야기를 시작했다.

"그 동물은 무민파파의 담배밭 뒤에 있는 커다란 연못 옆에 웅크린 채 기다리고 있었어. 기다리는 동안 그 동물은 몸이 아주 커지고 강해져서 두 번 다시 실망하지 않을 때까지, 자기 말고는 다른 무엇도 신경 쓰지 않게 될 때까지 기다리고 또 기다렸지. 이번 장은 여기까지."

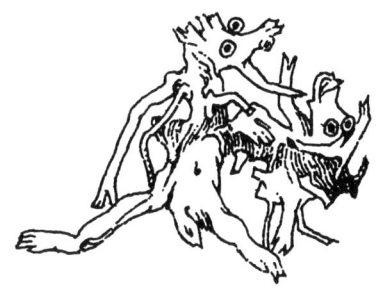

제14장

무민파파나 무민마마의 방에서는 물론 아무도 잠을 자지 않았다. 아침을 좋아하는 무민마마의 방은 동향이었고 저녁 하늘을 동경하는 무민파파의 방은 서향이었다.

어느 날, 땅거미가 내릴 즈음 슬그머니 무민파파의 방으로 간 헤물렌이 문지방에 다소곳이 서서 안을 들여다보았다. 아주 작고 천장이 비스듬히 기울어진 그 방은 무민파파가 혼자만의 시간을 보낼 수 있는 공간이었다. 모든 것을 잠시 내려놓을 수 있는 공간이기도 했다. 푸른 벽에는 무민파파가 걸어 놓은 희한하게 생긴 나뭇가지가 있었는데, 단추로 된 눈도 붙어 있었다. 벽걸이 달력에는 난파선 그림이 그려져 있었고 침대 머리맡에는 '하이그 위스키'라고 적힌 널빤지가 붙어 있었다. 서랍장 위에는 특이하게 생긴 돌이 몇 개 놓여 있었고 작은 금덩이 하나와 여행을 떠날 때는 결코 가져가지 않을 갖가지 작은 물건이 늘어서 있었다. 거울 아래에는 지붕 모양이 뾰족한 등대 모형이 있었는데, 나무문이 작게 그려져 있었고 등댓불 주위로는 황동 못이 줄지어 박혀 있었다. 무민파파가 구리철사로 만든 사다리까지 있었다. 창문마다 빠짐없이 은색 종이도 붙어 있었다.

헤물렌은 주위를 찬찬히 둘러보며 무민파파가 어땠는지 떠올려 보았다. 무민파파와 무엇을 했고, 어떤 이야기를 나누었는지 생각해 보았지만 기억이 나지 않았다. 그래서 헤물렌은 창문 앞으로 가서 정원을 내다보았다. 시든 꽃밭 가장자리에 박힌 조개껍질이 노을에 빛나고 있었고 서쪽 하늘은 황금빛으로 물들어 있었다. 노을을 등지고 선 커다란 단풍나무는 석탄처럼 유난히 까매 보였는데, 헤물렌은 가을 땅거미가 질 무렵 무민파파가 늘 바라보던 바로 그 광경을 보고 있었다.

그 순간, 헤물렌은 무엇을 하면 좋을지 깨달았다. 무민파파를 위해 커다란 단풍나무 위에 집 한 채를 짓기로 했다! 헤물렌은 자기 생각이 너무 기뻐서 웃음을 터뜨렸다! 물론 나무로 지어야 했다! 바닥에서 높이 떨어진 튼튼하고 까만 나뭇가지 위에 가족들과 동떨어져 자유롭고 모험심 가득한 집을 만들어 천장에 바람막이 등불을 달면 무민파파와 헤물렌이 함께 앉아 남서풍에 벽이 삐걱대는 소리를 들으며 이야기를 나눌 수 있을 터였다. 헤물렌은 현관으로 뛰쳐나가 소리를 질렀다.

"훔퍼!"

훔퍼 토프트가 벽장 안에서 나왔다.

헤물렌이 말했다.

"또 책을 읽고 있었나 보구나. 그렇게 너무 책만 보면 좋을 게 없단다. 내 말 좀 들어 보렴. 너 못 뽑는 일 좋아하지?"

토프트가 대답했다.

"아뇨."

헤물렌이 설명했다.

"무슨 일이든 이루어지려면 말이지, 한쪽은 만들고 다른 한쪽은 널빤지를 날라야 해. 아니면 한쪽은 새 못을 박고 다른 한쪽은 오래된 못을 뽑든지. 무슨 말인지 알아듣겠어?"

토프트는 물끄러미 바라보기만 했다. 자신이 다른 한쪽인 줄은 알아차렸다. 헤물렌과 토프트는 장작 창고로 갔고, 토프트는 못을 뽑기 시작했다. 무민 가족이 장작으로 쓰려고 바닷가에서 모아 온 낡은 판지와 널빤지는 탄탄했고 녹슨 못이 빽빽하게 박혀 있었다. 헤뮬렌은 커다란 단풍나무로 가서 위를 올려다보며 생각에 잠겼다.

토프트는 못을 비틀어 뽑았다. 저물기 바로 전인 태양은 눈부신 황금빛으로 타올랐다. 토프트는 동물 이야기를 시작했는데, 점점 더 익숙해져서 단순히 단어만이 아니라 풍경을 묘사해 나갔다. 위험한 단어들과 함께 동물은 점점 성장에 중요한 시점에 다다르고 있었고, 계속해서 변화하고 있었다. 그 동물은 이제 더는 숨지도 않고 주위를 살피고 귀 기울이며 아무 두려움 없이 숲 가장자리를 따라 어두운 그림자처럼 살금살금 미끄러져 들어왔다…….

밈블이 뒤에서 물었다.

"못 빼기 재미있어?"

밈블은 장작 받침대에 앉았다.

토프트가 말했다.

"뭐라고요?"

밈블이 말했다.

"못 빼기를 좋아하지도 않으면서 계속 하고 있잖아. 왜 그러나 궁금해서."

토프트는 밈블을 바라보며 아무 대꾸도 하지 않았다. 밈블에게서는 페퍼민트 냄새가 났다.

밈블이 이어 말했다.

"게다가 헤물렌도 좋아하지 않잖아."

"그렇게 생각한 적 없어요."

토프트는 대들 듯이 중얼거리고 나서 바로 자신이 헤물렌을 좋아하는지 아닌지 생각해 보기 시작했다.

장작 받침대에서 내려간 밈블은 자리를 떴다. 땅거미가 더욱 짙어지고 잿빛 안개가 강 위로 피어올랐고 날은 무척 추워졌다.

밈블이 부엌문 바깥에서 소리쳤다.

"문 열어 줘. 네 부엌에서 몸 좀 녹일게."

누가 처음으로 자기 부엌이라고 인정하는 말을 들은 필리용크는 곧장 문을 열어 주었다.

필리용크가 말했다.

"내 잠자리에 앉아도 돼. 하지만 구겨지지 않게 조심해."

밈블은 난로와 개수대 사이에 끼어 있는 잠자리에 몸을 웅크렸고 필리용크는 내일 먹을 빵 푸딩을 계속해서 만들었다. 필리용크는 무민 가족이 새 모이로 쓰려고 모아 놓았던 빵 부스러기 봉지를 찾아냈다. 부엌은 따뜻했고, 난로 안에서 불꽃이 탁탁 소리를 내며 천장에 일렁이는 그림자를 그렸다.

밈블이 혼잣말했다.

"예전이랑 거의 비슷하네."

필리용크가 아무 생각 없이 말했다.

"무민마마가 있었을 때랑 똑같니?"

밈블이 대답했다.

"아니, 전혀. 난로는 비슷해."

굽 높은 신발을 신은 필리용크는 부엌을 왔다 갔다 하며 계속해서 아침을 만들고 있었지만 갑자기 마음이 불안하고 혼란스러워졌다.

필리용크가 물었다.

"어떻게 다른데?"

밈블이 말했다.

"무민마마는 요리할 때 휘파람을 불곤 했어. 조금 제멋

대로이기도 했고……. 잘은 모르겠지만, 아무튼 좀 달라. 무민 가족은 가끔 음식을 싸 들고 다른 곳에 가서 먹기도 했고, 또 가끔은 전혀 안 먹기도 했는데…….”

졸음이 쏟아지는지 밈블은 팔을 머리 위로 올렸다.

필리용크가 말했다.

“너보다는 내가 무민마마를 더 잘 알아.”

필리용크는 팬에 기름을 두른 다음, 전날 먹다 남은 수프를 부어 넣고 상하기 직전인 삶은 감자 몇 개를 슬쩍 넣었지만 점점 마음이 불안해져서 더는 참을 수가 없어지자 결국 잠든 밈블에게 달려가 소리쳤다.

“내가 아는 사실을 너도 알고 있다면 여기에서 이렇게 잘 수는 없어!”

잠에서 깬 밈블은 그대로 누워 필리용크를 바라보았다.

필리용크가 나지막이 부르짖었다.

“넌 몰라! 이 골짜기에 뭐가 돌아다니는지 모른다고! 끔찍한 것들이 장롱에서 풀려나서 여기 어딘가에 있다고!”

밈블이 일어나 앉아 물었다.

“그래서 장화 주위에 벌레 잡는 끈끈이를 붙여 놨어?”

밈블은 하품을 하더니 코를 문질렀다. 그러더니 부엌문 쪽으로 가다 돌아서서 말했다.

“진정해. 여기에 우리보다 더 나쁜 건 없을 테니까.”

거실에 있던 그럼블 할아버지가 물었다.

"필리용크가 화났나?"

밈블이 계단을 올라가며 대답했다.

"겁이 나는 모양이에요. 장롱 안에 있던 뭔가가 무서운가 봐요."

바깥은 이제 완전히 어두워졌다. 다들 어두워지면 잠자리에 드는 데 익숙해져 있었고, 꽤 오래 잤으며, 밤이 길어질수록 더 오래 잤다.

훔퍼 토프트는 그림자처럼 방 안으로 미끄러져 들어가며 잘 자라고 중얼거렸고, 헤물렌은 벽 쪽으로 고개를 돌렸다. 헤물렌은 무민파파를 위한 나무 집에 둥근 지붕을 올리기로 마음먹었다. 지붕은 녹색으로 칠하고 금색으로 별을 그려 넣으면 좋겠다고 생각했다. 무민마마의 서랍장에는 금빛 물감이 있을 터였고, 장작 창고에서 청동빛 페인트 통도 본 적이 있었다.

모두 잠들었을 때, 그럼블 할아버지는 촛불을 하나 들고 계단을 올라갔다. 커다란 장롱 앞에 멈추어 선 그럼블 할아버지가 속삭였다.

"거기 있소? 당신이 거기 있는 줄 알고 있소."

그럼블 할아버지는 아주 천천히 장롱 문을 잡아당겼고, 거울 달린 문이 스르륵 열렸다.

아주 작은 촛불이 어두운 장롱 안을 희미하게 비추었지만 그럼블 할아버지는 눈앞에 있는 앤시스터의 모습을 또렷이 보았다. 지팡이를 들고 모자를 쓰고 있는 앤시스터의 모습은 비현실적이었다. 실내용 외투는 너무 길었고 다리에는 각반을 두르고 있었다. 안경은 쓰고 있지 않았다. 그럼블 할아버지가 한 발 앞으로 떼자 앤시스터도 똑

같이 했다.

그림블 할아버지가 말했다.

"아하, 이제 더는 벽난로 속에 살지 않는가 보구려. 나이가 어떻게 되오? 안경은 쓰지 않소?"

무척 흥분한 그림블 할아버지는 자기 말을 강조하려고 지팡이로 바닥을 쿵쿵 쳤다. 앤시스터도 똑같이 따라 했지만 대꾸는 없었다.

그림블 할아버지가 중얼거렸다.

"귀가 안 들리나 보구먼. 귀 먹고 바싹 마른 늙은이일세. 어쨌거나 나이 먹는 걸 이해하는 누군가를 만나서 반갑네그려."

그림블 할아버지는 잠자코 서서 오래도록 앤시스터를 바라보았다. 마지막으로 그림블 할아버지가 모자를 벗고 고개를 숙였다. 앤시스터도 똑같이 했다. 그림블 할아버지와 앤시스터는 서로 연민을 느끼며 헤어졌다.

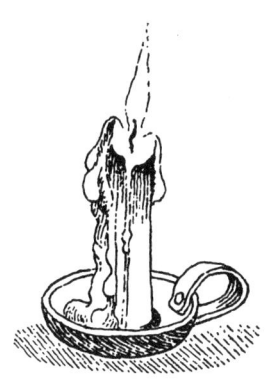

제15장

낮은 더 짧아지고 날씨는 더 추워졌다. 비는 거의 내리지 않았다. 태양이 낮에 잠깐 골짜기를 비추면 벌거벗은 나무들이 땅에 그림자를 던졌지만 아침저녁으로는 어둑어둑했고 금세 어둠이 찾아왔다. 태양이 지는 모습은 한 번도 볼 수 없었지만 하늘이 황금빛으로 물들어 가고 주위 산들이 뚜렷이 윤곽을 드러내는 모습이 보이면 다들 우물 속에 사는 듯이 느껴졌다.

헤물렌과 토프트는 무민파파를 위한 나무 집을 짓고 있었다. 그럼블 할아버지는 하루에 두 마리쯤 물고기를 잡았고 필리용크는 휘파람을 불기 시작했다.

올가을에는 폭풍우가 몰아치지 않았고 지난번 같은 천둥 번개도 다시 치지 않았지만, 저 멀리 먹구름 속에서 희미하게 울리는 우르릉 소리는 무민 골짜기를 더욱더 깊은 침묵 속에 빠뜨렸다. 천둥소리가 들릴 때마다 그 동물이 점점 커지면서 수줍음이 없어지고 있다는 사실은 토프트만 알고 있었다. 그 동물은 이제 덩치가 꽤 커졌고 모양도 많이 바뀌어 입을 벌려 이빨을 드러내 보이기도 했다. 어느 날 저녁 황금빛 노을이 비칠 때, 물 위로 몸을 숙인 그 동물이 처음으로 하얀 이빨을 드러냈다. 입을 벌리고 하품을 한 뒤, 딱딱 부딪치며 이빨을 살짝 간 동물은 생각했다.

'나한테는 이빨이 있으니까 아무도 필요 없어.'

마침내 토프트는 그 동물을 더 자라게 할 엄두를 내지 못하게 되었다. 토프트는 모든 모습을 머릿속에서 지워 버렸다. 하지만 천둥은 바다 위에서 으르렁거리게 내버려두었고 토프트는 이제 그 동물이 알아서 자라겠다고 생각했다.

훔퍼 토프트는 오래전부터 밤마다 혼자 이야기를 해 왔기 때문에 자신에게 이야기를 들려주지 않으면 잠들 수가 없었다. 토프트는 가지고 있는 책을 읽고 또 읽었지만 갈수록 무슨 말인지 이해가 되지 않았다. 이제 그 동물이 어떻게 생겼는지 읽고 있었지만 너무 지루했다.

어느 날 저녁, 필리용크가 벽장문을 두드리더니 조심스럽게 열며 말했다.

"안녕, 꼬마 친구!"

책에서 눈을 뗀 토프트가 잠자코 기다렸다.

키 큰 필리용크가 토프트의 옆에 주저앉아 머리를 비스듬히 기울이며 물었다.

"뭘 읽고 있니?"

토프트가 대답했다.

"책이요."

필리용크가 깊은 숨을 내쉬더니 마음먹었다는 듯이 말했다.

"아직 어려서 엄마도 없이 지내기 쉽지 않지?"

토프트는 부끄러운 듯 입을 다물고 머리카락으로 얼굴을 가렸다.

필리용크는 손을 내밀었다가 다시 거두었다. 그러고는 진지하게 말했다.

"지난밤에 갑자기 네 생각이 나더구나. 네 이름이 뭐라고 했지?"

홈퍼가 말했다.

"토프트요."

필리용크가 되뇌었다.

"토프트, 토프트라. 예쁜 이름이구나."

필리용크는 무슨 말을 하면 좋을지 몰라 머뭇거리며 아이들을 어떻게 대해야 할지 알아 두었으면 좋았겠다고, 아이들을 좀 더 좋아했어야 했다고 생각했다. 결국 필리용크가 말했다.

"여기는 따뜻하니? 지내기 괜찮아?"

홈퍼 토프트가 말했다.

"네. 괜찮아요."

필리용크가 두 손을 맞잡고 토프트의 얼굴을 마주 보려고 애쓰면서 간절하게 다시 물었다.

"정말 괜찮아?"

홈퍼 토프트는 필리용크에게서 두려움의 냄새를 맡고는

뒤로 조금 물러났다. 토프트가 얼른 말했다.

"담요가 하나 있으면 좋겠어요."

필리용크가 벌떡 일어나며 말했다.

"내가 가져다줄게. 잠깐만 기다리렴. 일 분도 안 걸릴 테니까……."

토프트는 필리용크가 계단을 달려 내려갔다가 돌아오는 소리를 듣고 있었고, 필리용크는 담요를 하나 들고 돌아왔다.

토프트가 고개 숙이며 말했다.

"정말 고맙습니다. 정말 좋은 담요네요."

필리용크가 빙긋 웃으며 말했다.

"그런 말 마렴! 무민마마라도 이렇게 했을 테니까."

필리용크는 담요를 바닥에 내려놓고 조금 망설이다 떠났다.

토프트는 담요를 가지런히 개서 천장 선반 가장 구석진 곳에 밀어 넣고 다시 그물 안에 몸을 웅크리고 앉아 계속 책을 읽으려고 했다. 잘 되지 않았다. 책은 점점 더 이해할 수가 없었고, 아무리 읽어도 뜻을 알 수 없는 문장을 몇 번이나 되풀이해 읽었다. 결국 토프트는 책을 덮은 다음, 촛불을 끄고 밖으로 나갔다.

수정 구슬은 찾기가 힘들었다. 길을 잘못 든 토프트는

정원이 처음 오는 낯선 곳이라도 되는 듯이 나무 사이에서 머뭇거렸다. 마침내 수정 구슬이 눈앞에 나타났지만 푸른빛은 이미 자취를 감춘 지 오래였고 밤의 빛깔보다도 짙고 어두운 안개가 가득 차 있었다. 마법의 수정 구슬 속에서 안개는 난데없이 사라졌다 나타나기도 하고, 안으로 빨려 들어갔다가 더욱더 짙고 깊어지며 빙글빙글 소용돌이를 치기도 했다.

토프트는 강을 따라 걸어가며 무민파파의 담배밭을 지났다. 커다란 연못 옆에 있는 전나무 쪽으로 다가가자, 시든 갈댓잎이 주위에서 바스락거리고 신발이 진흙탕 속에 푹푹 빠졌다.

토프트가 부드러운 목소리로 소리쳤다.

"거기 있지? 작은 화폐석아, 어떻게 지내?"

그러자 그 동물이 어둠 속에서 낮게 으르렁거렸다.

겁에 질린 토프트는 몸을 돌려 냅다 달아났고, 발을 헛디뎌 나뒹굴었다가 겨우 몸을 일으키고는 쉴 새 없이 달리다 천막 앞에서 멈추어 섰다. 천막은 어둠 속에서 초록빛으로 고요하게 빛나고 있었다. 안에는 스너프킨이 혼자 앉아 하모니카를 불고 있었다.

토프트가 속삭였다.

"저예요."

토프트는 천막 안으로 들어갔는데, 전에는 한 번도 발을 들인 적이 없었다. 파이프 담배와 흙냄새가 기분 좋게 풍겼다. 침낭 옆에 있는 설탕 상자 위에서 촛불이 빛을 밝히고 있었고, 바닥에는 대팻밥이 깔려 있었다.

스너프킨이 말했다.

"나무 숟가락을 만들고 있었어. 뭔가 놀란 모양인데?"

토프트가 대답했다.

"무민 가족이 이제 여기 없잖아요. 내가 속았어요."

스너프킨이 말했다.

"내 생각은 다른데. 다들 잠깐 아무 방해도 받고 싶지 않은지 모르지."

그러더니 스너프킨은 보온병을 집어 들어 잔 두 개에 차를 따르며 말했다.

"설탕은 저기에 있어. 무민 가족은 언젠가 집으로 돌아올 거야."

토프트가 소리쳤다.

"언젠가라뇨! 무민마마는 지금 와야 해요. 난 무민마마를 만나고 싶다고요!"

스너프킨은 어깨를 으쓱했다. 그러더니 샌드위치 두 개를 만들고 말했다.
 "무민마마는 누굴 만나고 싶은지 궁금한걸……."
 토프트는 아무 말도 하지 않았다. 토프트가 천막을 나갈 때, 스너프킨이 뒤에서 소리쳤다.
 "일을 너무 크게 만들지 않게 조심해!"
 이제 다시 하모니카 소리가 들려왔다. 부엌 계단에 필리용크가 쓰레기통을 옆에 두고 서서 그 소리에 귀를 기울이고 있었다. 토프트는 필리용크가 눈치 채지 못하도록 멀리빙 돌아 살금살금 집 안으로 들어갔다.

제16장

다음 날, 스너프킨은 일요일 점심 식사에 초대받았다. 2시가 되었고, 다시 15분이 지났는데도 필리용크는 음식이 다 되었다고 알리는 징을 치지 않았다. 2시 반이 되자, 모자에 새 깃털을 꽂은 스너프킨은 무슨 일이 있는지 알아보러 나섰다. 부엌 식탁은 계단 바깥으로 나와 있었고 헤물렌과 토프트가 의자를 옮기고 있었다.

그럼블 할아버지가 시큰둥한 목소리로 투덜거렸다.

"소풍이라네. 오늘은 뭐든 하고 싶은 대로 하는 날이라고 필리용크가 그러더군."

이제 필리용크가 음식을 가지고 나왔다. 귀리죽이었다.

찬바람이 골짜기를 훑고 지나갔고 죽 위에 엷은 막이 생겼다.

필리용크가 토프트의 머리를 쓰다듬으며 말했다.

"어려워 말고 어서 먹으렴."

그럼블 할아버지가 불평했다.

"왜 우리가 밖에서 밥을 먹어야 하나?"

그럼블 할아버지는 죽 위에 생긴 막을 걷어내어 접시 가장자리에 놓았다.

필리용크가 말했다.

"그것도 다 드셔야 해요."

그럼블 할아버지가 다시 말했다.

"왜 부엌에서 먹을 수가 없나?"

필리용크가 답답하다는 듯이 대답했다.

"가끔은 일이 일어나는 대로 따라가야 하는 법이에요. 음식을 가지고 나가서 먹든지 아니면 아예 먹지 마세요! 이런 게 재미라고요!"

바닥이 울퉁불퉁해 식탁이 비스듬히 기울어서 두 손으로 접시를 든 헤물렌이 말했다.

"걱정거리가 하나 있는데 말이죠. 둥근 지붕을 만들기가 쉽지 않아요. 제가 설명한 대로 토프트가 톱질을 했는데 맞아떨어지지 않더라고요. 그래서 널빤지를 잘라 내면 너무 짧아져서 굴러 떨어지고요. 제 말이 무슨 뜻인지 아시겠어요?"

스너프킨이 의견을 내놓았다.

"평범한 지붕을 만들지 그래?"

헤뮬렌이 말했다.

"똑같이 떨어질걸."

그럼블 할아버지가 말했다.

"귀리죽의 이 막이 싫군."

헤뮬렌이 이어 말했다.

"방법이 없진 않아. 아예 지붕을 만들지 않으면 돼! 여기 앉아서 내내 생각해 봤는데 무민파파는 별이 보이는 편을 더 좋아하지 않을까, 응? 무민파파가 별 보기를 더 좋아하겠지?"

갑자기 훔퍼 토프트가 소리쳤다.

"그건 아저씨 생각이죠! 무민파파가 뭘 좋아할지 어떻게 알아요?"

모두 음식을 먹다 말고 토프트를 바라보았다.

토프트가 식탁보를 움켜쥐고 소리쳤다.

"아저씨는 아저씨가 좋아하는 일을 하고 있을 뿐이잖아요! 도대체 왜 일을 크게 만들어요?"

밈블이 깜짝 놀라 말했다.

"아니, 저것 좀 봐. 토프트가 이를 드러냈어!"

토프트가 벌떡 일어나는 바람에 의자가 뒤로 벌렁 넘어졌다. 토프트는 식탁 아래로 숨어 버렸다.

필리용크가 엄하게 말했다.

"토프트, 착하게 굴어야지. 다 같이 소풍을 나왔잖니!"

밈블이 심각하게 말했다.

"있지, 필리용크. 부엌 식탁을 밖으로 옮겨 놓았다고 해서 무민마마가 될 수는 없어."

필리용크가 자리에서 벌떡 일어나 소리쳤다.

"여기에서도 무민마마, 저기에서도 무민마마! 정말 이상한 가족이잖아! 그 제멋대로인 가족은 할 수 있는데도 집 청소도 하지 않고, 편지 한 장조차 남기지 않고 떠나 버렸어. 우리가 올 줄…… 알면서도 말이야."

필리용크는 기운 없이 입을 다물어 버렸다.

그럼블 할아버지가 느닷없이 말했다.

"편지! 내가 편지를 하나 찾았는데 어딘가에 숨겨 두었다네."

스너프킨이 물었다.

"어디에요? 어디에 숨기셨어요?"

이제 모두 자리에서 일어났다.

그럼블 할아버지가 중얼거렸다.

"어딘가에 숨겼다네. 나는 이제 가서 물고기나 좀 더 잡겠네. 이런 소풍은 마음에 들지 않아. 재미없군."

헤물렌이 간절하게 말했다.

"생각 좀 해 보세요. 기억을 떠올려 보시라고요. 저희가 도울게요. 마지막으로 어디에서 보셨어요, 네? 지금 그 편지를 찾았다면 어디에 숨기시겠어요?"

그럼블 할아버지가 심술궂게 말했다.

"나는 지금 휴가를 보내고 있네. 내가 잊고 싶으면 뭐든 잊을 걸세. 잊어버리면 얼마나 좋은지 모르네. 중요한 몇 가지를 빼고는 모두 기억에서 지워 버릴 생각일세. 난 이제 가서 내 친구 앤시스터와 이야기를 나눠야겠네. 그는 알고 있다네. 자네들은 생각할 뿐이지만 우리는 깨달

앉다 이 말일세."

앤시스터는 전과 똑같아 보였지만 목 아래에 냅킨을 두르고 있었다.

그럼블 할아버지가 말했다.

"안녕하시오. 내가 지금 정말 기분이 나쁘다오. 저것들이 나를 어떻게 대했는지 아시오?"

그럼블 할아버지는 잠깐 기다렸다. 앤시스터는 천천히 고개를 흔들며 발을 굴렀다.

그럼블 할아버지가 말했다.

"맞소. 저것들이 내 휴가를 망쳐 버렸소. 나는 내가 잊어버릴 수 있어서 뿌듯하고, 그러다 갑자기 기억이 나기도 하는데 말이오! 배가 아프오. 기분이 너무 나빠서 배가 아픈가 보오."

처음으로 그럼블 할아버지는 집에서 가져온 약이 생각났다. 하지만 약을 어디에 두었는지는 기억나지 않았다.

"편지는 바구니 안에 있대."

헤물렌이 다시 말했다.

"그럼블 할아버지가 바구니 안에 있다고 했어. 그런데 거실에는 없었어."

밈블이 말했다.

"정원 어딘가에 떨어뜨리고 잊어버리지 않았을까?"

그러자 필리용크가 소리쳤다.

"그럼블 할아버지가 우리 탓을 했어! 내가 뭘 잘못했어? 난 따뜻한 커런트 주스밖에 만들지 않았잖아. 그럼블 할아버지도 좋아했다고!"

필리용크가 밈블을 삐딱한 눈길로 바라보며 말을 이었다.

"무민마마는 누가 아프면 커런트 주스를 만들어 주곤 했으니까 어쨌든 나도 그렇게 했을 뿐이야."

헤물렌이 말했다.

"자, 이제 마음 좀 가라앉히자고. 우리가 뭘 해야 할지 말해 볼게. 약병과 술병, 편지 한 장과 안경 여덟 개가 문제지. 이제 우리가 골짜기와 집을 나눠서 각자……."

필리용크가 말했다.

"그래, 그래, 그러자고."

필리용크는 거실로 얼굴을 들이밀고는 걱정스럽게 물었다.

"기분은 좀 어떠세요?"

그럼블 할아버지가 대답했다.

"안 좋다네. 내가 귀리죽에 막을 걷어내고 뭘 어디에 뒀는지 잊어버리게 내버려두지 않으니 이런 일이 일어나는 걸세."

그럼블 할아버지는 거실 소파에서 담요를 여러 장 덮고 머리에 모자를 쓴 채 누워 있었다.

필리용크가 조심스럽게 물었다.

"그런데 정말 연세가 어떻게 되세요?"

그럼블 할아버지가 유쾌한 목소리로 설명했다.

"나는 죽을 생각이 없네. 그러는 자네는 나이가 어떻게 되나?"

필리용크는 자리를 떴다. 집 안 곳곳에 있는 문이 모조리 열렸다 닫혔고, 정원은 고함 소리와 뛰어다니는 발걸음 소리로 가득 찼다. 누구도 그럼블 할아버지 말고 다른 생각은 하지 않았다.

그럼블 할아버지는 왠지 모를 만족감에 사로잡혀 생각했다.

'그 바구니는 어디 있어도 이상하지 않지.'

이제 배는 아프지 않았다.

밈블이 다가오더니 소파 가장자리에 걸터앉아 말했다.

"그럼블 할아버지, 아시겠지만 이제 저만큼이나 좋아 보이세요."

그럼블 할아버지가 대답했다.

"그럴지도 모르겠군. 하지만 연회를 열어 주기 전까진 일어나지 않을 걸세. 건강을 회복한 늙은이를 위한 아주 작은 연회 말일세!"

밈블이 생각에 잠겨 말했다.

"아니면 춤추고 싶어 하는 밈블을 위한 큰 연회도 괜찮을 텐데요."

그럼블 할아버지가 버럭 소리를 질렀다.

"절대로 안 될 말일세! 나와 앤시스터를 위한 성대한 연회를 열어야 하네! 앤시스터는 백 년 동안 연회에 가 본 적도 없이 장롱 안에 앉아서 서글퍼한다네."

밈블이 웃으며 말했다.

"뭐든 좋을 대로 생각하세요."

헤뮬렌이 밖에서 소리쳤다.

"찾았다!"

문이 벌컥 열렸고, 갑자기 거실이 분주한 움직임으로 가득 찼다.

헤물렌이 소리쳤다.

"바구니는 베란다 아래에 있었어요! 술병은 강 맞은편에 있었고요!"

그럼블 할아버지가 말을 바로잡았다.

"시내일세. 술부터 주게나."

필리용크가 술을 조금 따라 주었고 그럼블 할아버지가 술을 마시는 모습을 모두 잠자코 지켜보았다.

필리용크가 물었다.

"약을 종류별로 하나씩 드릴까요, 아니면 한 가지만 드릴까요?"

"됐네."

그럼블 할아버지는 이렇게 말하더니 한숨을 내쉬며 담요 속에 몸을 파묻었다.

"내가 듣고 싶지 않은 말은 두 번 다시 하지 말게. 그리고 연회를 열어 주지 않으면 정말 몸이 안 좋아질 걸세……."

헤물렌이 말했다.

"장화를 벗겨 드려야 해. 토프트, 장화를 벗겨 드려. 배가 아플 때 가장 먼저 할 일이 그거야."

토프트가 그럼블 할아버지의 장화 끈을 풀고 벗겼다. 장화 한 짝에서 구겨진 하얀 종이 한 장이 떨어지자 토프트가 주워 들었다.

스너프킨이 소리쳤다.

"편지잖아!"

스너프킨은 종이를 조심스럽게 펴고 읽어 내려갔다.

"타일 벽난로에 불을 때지 마세요. 그 안에 앤시스터가 살고 있어요. 무민마마."

제17장

필리용크는 무언가가 장롱 속에 살고 있었다는 이야기를 더는 꺼내지 않았고, 늘 해 왔던 자질구레하고 사소한 일만 생각하려고 노력했다. 하지만 밤이면 벽지 안쪽에서 뭔가 기어가는 듯이 희미하고 무슨 소리인지 뚜렷이 분간이 되지 않는 소리가 들려왔는데, 가끔은 마룻바닥 가장자리를 따라 종종걸음을 치는 소리가 들리기도 했고 한 번은 머리맡 쪽에 있는 벽에서 살짝수염벌레가 틱틱 소리를 내기도 했다.

하루에 가장 좋은 때를 꼽으라면 징을 칠 때와 어두워진 뒤 계단에 쓰레기통을 내놓을 때였다. 스너프킨은 저녁마다 하모니카를 연주했고 필리용크는 그 노랫가락을 익혔다. 하지만 필리용크는 아무한테도 들리지 않는다고 생각할 때만 휘파람을 불었다.

어느 날 저녁, 필리용크는 침대에 걸터앉아 잠자리에 들지 않아도 되는 이유를 생각해 보려고 애쓰고 있었다.

문밖에서 밈블이 물었다.

"자니?"

그러더니 필리용크의 대답도 기다리지 않고 들어와 말했다.

"머리를 감을 빗물이 필요해."

필리용크가 말했다.

"그렇구나. 내 생각으로는 강물도 빗물만큼 좋지 않을까 싶은데. 빗물은 가운데 양동이에 있어. 저쪽에는 지하수가 담겨 있고. 하지만 네가 굳이 빗물로 머리를 헹구겠다면 그렇게 해. 바닥에 흘리지는 말고."

밈블은 양동이에 든 물을 난로 위에 올리며 말했다.

"다시 필리용크로 돌아왔나 보네. 나도 그 편이 더 좋아. 난 연회 때 머리를 풀려고."

필리용크가 날카로운 목소리로 물었다.

"무슨 연회?"

밈블이 대답했다.

"그럼블 할아버지를 위한 연회 말이야. 내일 부엌에서 연회 여는 줄 몰랐어?"

필리용크가 소리쳤다.

"아니, 세상에! 처음 들어! 알게 돼서 천만다행이야! 난 파되거나, 뭔가 폭발하거나, 폭풍우가 와서 모두 갇히게 되면 연회를 열곤 하지. 그리고 연회 중간에 불이 꺼졌다가 다시 켜지면, 집 안에서는 모두 한데 모여 옹송그리고 있고……."

밈블은 흥미롭다는 듯이 필리용크를 바라보며 말했다.

"가끔 넌 정말 놀랍다니까. 그 이야기는 나쁘지 않았어. 그러고 나면 한 명이 사라지고, 그다음에는 또 한 명이 사라지고 마지막에는 고양이 한 마리만 남아 그들 무덤 위에서 몸단장을 하겠지!"

필리용크가 어깨를 으쓱하며 말했다.

"물이 다 데워졌겠다. 여기에는 고양이가 없어."

밈블이 웃으며 말했다.

"한 마리 구하기야 쉽지. 상상하기만 하면 바로 고양이가 생기는걸!"

밈블은 난로 위에 있는 냄비를 들고 팔꿈치로 문을 열며 말했다.

"잘 자. 머리 마는 핀은 잊지 말고 꽂고. 헤물렌이 그랬는데, 부엌 장식은 가장 예술 감각이 좋은 필리용크가 해야 한대."

그러더니 밈블은 문밖으로 나서더니 아주 능숙하게 발로 문을 닫고 가 버렸다.

필리용크의 심장이 거세게 요동치기 시작했다. 예술 감각이 좋다니, 예술 감각이 좋다고 헤물렌이 말했다니. 정말 멋진 말이었다. 필리용크는 혼자 몇 번이고 중얼거렸.

고요한 한밤중에 필리용크는 부엌 등불을 들고 무민마마의 옷장 위에 놓인 서랍으로 장식을 찾으러 갔다. 종이 등과 리본은 늘 있던 대로 맨 꼭대기 오른쪽 서랍에 들어 있었는데, 촛농이 덕지덕지 묻어 있고 온통 뒤죽박죽이었다. 부활절 장식품들, 아직까지 글귀가 남아 있는 오래된 장미무늬 생일 카드에는 '사랑하는 무민파파에게', '헤물렌의 생일을 축하합니다', '미이에게 사랑을 보내며. 넌 우리의 좋은 친구란다', '개프지의 행운을 빌며' 등이 적혀 있었다. 무민 가족은 개프지를 썩 좋아하지는 않은 듯했다.

드디어 장식용 꽃 줄을 찾았다. 필리용크는 꽃 줄을 몽땅 부엌으로 들고 내려와서 싱크대 위에 펼쳐 놓았다. 그런 다음, 필리용크는 머리를 물로 적시고 머리 마는 핀을 꽂으며 천천히 휘파람을 불었는데 자기 생각보다 훨씬 맑은 소리로 아주 능숙하게 불었다.

훔퍼 토프트도 연회 이야기를 들었는데, 헤물렌은 그 연회를 '가정 연회'라고 불렀다. 토프트는 모두 다른 이들을 즐겁게 해 주려고 노력해야 한다는 사실은 알고 있었고 말도 많이 해야 하고 다정하게 굴어야 한다고도 생각했다. 썩 내키지 않았다. 토프트는 혼자 시간을 보내면서 지난 일요일 점심때 왜 그렇게 지독히도 화가 났는지 생각해 보고 싶었다. 자기 안에 있는 전혀 다른 모습을 발견한 토프트는 자기가 몰랐던 모습이 부끄럽게 다른 이들 앞에서 다시 드러날까 봐 두려웠다. 지난 일요일 이후 헤뮬렌은 혼자 나무 집을 지어 나갔다. 더는 토프트에게 소리 지르지도 않았다. 토프트도 헤뮬렌도 그 일로 당황했다.

토프트가 곰곰이 생각했다.

'어떻게 내가 헤뮬렌한테 그렇게 화를 낼 수 있었지? 화낼 일도 없었고 화를 내 본 적도 없는데. 뭔가가 내 안에서 커져서 폭포처럼 넘쳐흐른 느낌이야! 게다가 난 엄청 온순한데.'

온순한 토프트는 물을 뜨러 강으로 갔다. 양동이를 가득 채우고 천막 바깥에 내려놓았다. 천막 안에서는 스너

프킨이 나무 숟가락을 깎으며 앉아 있거나 아무 일도 하고 있지 않을 테고, 스너프킨은 조용히 있어도 다른 이들보다 어떤 일이든 더 많이 알고 있을지도 몰랐다. 스너프킨은 멋지고 옳은 말만 했는데, 혼자가 되어 그 말을 곱씹어 보면 이해가 되지 않아서 부끄러워하며 되돌아가 다시 물어보아야만 했다. 그러면 스너프킨은 대답은 해 주지 않고 차와 날씨 이야기를 하며 담뱃대를 물거나 불쾌하게 알 듯 말 듯한 소리를 내며 물어서는 안 되는 이야기라도 했다는 듯이 굴었다.

토프트는 심각하게 고민했다.

'왜 다들 스너프킨에게 감탄할까. 물론 파이프 담배를 피우면 멋져 보이지만. 아무와도 어울리지 않고 떠돌아다녀서 다들 감탄하는지도 몰라. 하지만 내가 그렇게 해도 아무도 멋지다고 하지 않던데. 내가 너무 작은 게 문제인가 봐.'

토프트가 정원을 헤매고 다니다 끄트머리에 있는 커다란 연못에 도착해서 생각했다.

'나를 좋아하지도 않으면서 친절하게 굴어도 싫고 남들한테 불친절하게 보이기 싫어서 잘해 줘도 싫어. 무섭지도 않았으면 좋겠어. 나는 하나도 무섭지 않고 나한테 정말 관심 가져 줄 누가 있었으면 좋겠어. 나한테는 엄마가

필요해!'

가을이 찾아와 음침해진 큰 연못은 몸을 숨기고 기다리기에 좋은 장소였다. 하지만 토프트는 그 동물이 이곳에 없다는 느낌이 들었다. 어디론가 사라졌다. 새 이빨을 갈며 떠나 버렸다. 그리고 그 동물에게 이빨을 만들어 준 이는 다름 아닌 토프트였다.

그럼블 할아버지는 다리 위에 앉아 꾸벅꾸벅 졸고 있었다. 토프트가 그 옆을 지나가자, 그럼블 할아버지가 일어나 소리쳤다.

"연회를 열 걸세! 나를 위한 성대한 연회 말일세!"

토프트는 얼른 지나가려 했지만 그럼블 할아버지가 지팡이로 잡아끌었다. 그럼블 할아버지가 말했다.

"내 말 좀 들어 보게. 내가 헤물렌에게 앤시스터는 나와 가장 절친한 사이인 데다 지난 백 년 동안 연회를 못 해 보았으니 꼭 초대해야 한다고 말했다네. 귀빈으로 말일세! 헤물렌도 알았다고 했다네. 아무튼 자네들 모두한테 말해 두겠네만, 앤시스터 없이는 연회도 없네! 알아듣겠지!"

토프트가 중얼거렸다.

"네. 알겠어요."

하지만 토프트의 머릿속은 그 동물뿐이었다.

베란다에는 옅은 햇빛 속에 앉은 밈블이 머리카락을 빗

고 있었다.

밈블이 말했다.

"안녕, 꼬맹이 훔퍼야. 네 순서에 뭘 할지 정했어?"

훔퍼가 눈길을 피하며 대답했다.

"난 아무것도 할 줄 몰라요."

"이리 와. 너 머리카락 좀 빗어야겠다."

토프트가 군말 없이 앞에 서자 밈블은 토프트의 헝클어진 머리를 빗겨 주기 시작했다.

밈블이 말했다.

"하루에 십 분씩만 빗질을 하면 이렇게 끔찍해 보이지는 않을 텐데. 머릿결도 좋고 색깔도 멋진데 말이야. 그러

니까 넌 아무것도 할 줄 모른다고? 어쨌든 네가 화를 냈잖니. 그러고는 식탁 밑으로 숨어들어 버리는 바람에 엉망진창이 됐고."

토프트는 가만히 서 있었는데, 누가 머리카락을 빗겨 주는 기분이 좋았다.

토프트가 수줍게 말했다.

"밈블, 만약 덩치 크고 화난 동물이라면 어디로 가겠어요?"

밈블이 곧장 대답했다.

"뒤뜰. 부엌 뒤쪽에 있는 으슥한 숲으로 가겠지. 다들 화가 나면 거기로 갔어."

밈블은 머리카락을 빗고 또 빗었고, 홈퍼가 말했다.

"밈블이 화났을 때 말이에요?"

밈블이 말했다.

"아니. 무민 가족 말이야. 무민 가족은 기분이 우울하거나 화가 나서 혼자 있고 싶을 때 뒤뜰로 갔지."

토프트가 한 발짝 물러서며 소리쳤다.

"거짓말! 무민 가족은 절대로 화내지 않아요!"

밈블이 말했다.

"가만히 서 있어야지. 그렇게 앞으로 가면 내가 어떻게 머리를 빗겨 주겠어? 그리고 분명히 말해 두는데, 무민파파랑 무민마마랑 무민은 가끔 서로를 무척 지겨워했어. 이리 와."

토프트가 소리쳤다.

"됐어요! 무민마마는 절대로 그렇지 않아요! 늘 한결같은 분이란 말이에요!"

토프트는 거실 문을 벌컥 열고 들어가 밈블 앞에서 문을 쾅 닫아 버렸다. 밈블은 거짓말을 하고 있었다. 무민마마를 눈곱만큼도 몰랐다. 밈블은 엄마란 나쁜 행동을 하는 법이 없다는 사실을 모르고 있었다.

필리용크는 마지막으로 파란색 꽃 줄을 걸었다. 한 걸음 뒤로 물러서서 부엌을 바라보았다. 세상 가장 더럽고 먼지가 많았던 부엌이 예술적으로 멋지게 꾸며졌다. 이제 곧 다들 베란다에서 조금 이른 저녁으로 따뜻한 생선 수프를 먹고, 7시가 지나면 따뜻한 치즈 샌드위치와 사과주를 먹고 마실 터였다. 사과주는 무민파파의 옷장에서, 치즈 껍질이 든 깡통은 식료품 저장실 맨 꼭대기 선반에서 찾아냈다. 꼬리표에는 '들쥐용'이라고 적혀 있었다.

필리용크는 우아한 몸놀림으로 냅킨을 식탁 위에 올려놓았는데, 모두 백조 모양으로 접혀 있었다. (스너프킨 자리에는 물론 아무것도 없었는데, 냅킨을 쓰기 싫어하기 때문이었다.) 부드럽게 휘파람을 부는 필리용크의 이마는 머리 마는 핀으로 가늘고 동그랗게 만 곱슬머리가 덮여 있었고 누가 봐도 눈썹을 그렸다는 사실을 알 수 있었다. 무엇 하나 벽지 뒤를 기어 다니지 않았고, 마룻바닥 가장자리를 따라 종종걸음을 치지도 않았으며, 살짝수염벌레도 틱틱거리지 않았다. 지금은 그 무엇에도 신경 쓸 시간이 없었고, 필리용크는 자기 순서에만 신경 썼다. 〈돌아온 무민 가족〉이라는 그림자극이었다.

필리용크는 가만히 생각했다.

'흥미진진하겠지. 다들 좋아할걸.'

필리용크는 거실 문과 부엌문을 걸쇠로 걸어 잠갔다. 두꺼운 종이를 개수대 위에 올린 필리용크는 그림을 그리기 시작했다. 배 한 척에 네 명이 올라탄 그림이었다. 둘은 몸집이 컸고, 하나는 그보다 작았고 또 다른 하나는 아주 작았다. 가장 작은 이가 뱃머리에 앉아 있었다. 그림은 필리용크가 생각한 대로 잘 그려지지 않았고 지우개도 없었다. 하지만 무슨 의도인지가 가장 중요했다. 그림이 완성되자 필리용크는 배 모양을 가위로 오려 내어 빗자루 손잡이에 못으로 단단히 고정했다. 빠른 손놀림으로 능숙하게 작업을 하는 내내 휘파람을 불었는데, 스너프킨의 노래가 아니라 자기가 만든 노래를 불고 있었다. 사실 필리용크는 그림

그리기나 못질보다 휘파람을 훨씬 더 잘 불었다.

 땅거미가 내려앉자, 필리용크가 부엌에 불을 켰다. 오늘은 울적하지 않았고, 기대에 가득 차 있었다. 불빛이 희미하게 벽을 비추었고, 가족들이 타고 있는 배 모양 그림이 붙어 있는 빗자루를 들어 올리자 벽에 그림자가 나타났다. 이제 항해하는 모습을 하얀 침대보로 나타내기만 하면······.

 거실 문 뒤에서 그럼블 할아버지가 고래고래 소리쳤다.
"문 열게!"
 필리용크가 문을 살짝 열고 말했다.
"너무 일찍 오셨어요."
 그럼블 할아버지가 속삭였다.
"여기 일이 생겼다네! 내가 초대장을 건네며 내 친구를 초대했네! 장롱 안에 있는 친구 말일세. 그러니 자네가 손님 자리도 마련해 놓아야 하네."
 그럼블 할아버지는 나뭇잎과 이끼를 묶어 만든 커다랗고 축축한 꽃다발을 들이밀었다. 필리용크는 시들시들한 식물들을 보고 얼굴을 찌푸리며 말했다.
"제 부엌에 박테리아를 들일 수는 없어요."
 그럼블 할아버지가 고집을 부렸다.
"하지만 이건 단풍나무 잎일세! 냇물에 헹궜다네!"

필리용크가 잘라 말했다.

"박테리아는 물을 좋아하죠. 약은 드셨어요?"

그럼블 할아버지가 웃기지도 않는다는 듯이 소리쳤다.

"자네는 정말로 연회에 오는 데 약이 필요하다고 생각하나? 그따위는 모두 잊었네. 또 무슨 일이 있었는지 아나? 내 안경을 몽땅 도로 잃어버렸다네!"

필리용크가 딱딱하게 말했다.

"축하드려요. 그 꽃다발은 직접 옷장에 가져다주시는 편이 낫겠네요. 그게 더 정중하죠."

필리용크는 쾅 소리를 내며 문을 다시 닫았다.

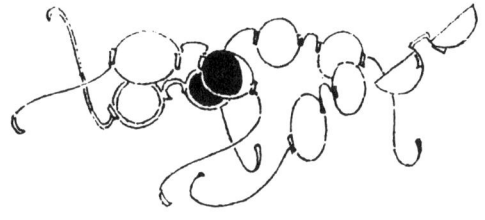

제18장

이제 불이 켜졌고, 까만 유리창에 붉은빛과 노란빛 그리고 초록빛 불빛이 부드럽게 일렁거렸다. 손님들은 부엌으로 들어오더니, 격식을 차려 서로 인사를 나누고 나서 자리에 앉았다. 하지만 헤물렌은 자리에 그대로 선 채 말했다.

"이번 가정 연회로 무민 가족을 기억하고자 합니다. 이 특별한 행사를 위해 쓴 제 자작시로 저녁을 시작하려 합니다. 무민파파에게 바치는 시입니다."

헤물렌은 종이 한 장을 꺼내 들고 크게 읽기 시작했는데, 들뜬 목소리였다.

묻노라, 행복이란 무엇인가
그것은 저녁의 안식도, 손에 느껴지는 감촉도 모두 아니네
골풀과 갈대, 수렁을 떠나 항해하며
바다의 너른 자유를 그려 보는 것
아아, 인생이란 무엇인가, 인생은 꿈과 같은 것
거대하고도 너무나 불가사의한 물결
갈 길을 잃어 마음 쓰라리지만
무엇을 해야 할지 갈피를 잡을 수 없고
잡다한 세상이 짐처럼 나를 짓누르네
손에 쥔 키의 단단한 감촉이 그리울 뿐.

12월 무민 골짜기에서, 헤물렌

모두 손뼉을 쳤다.
그럼블 할아버지가 말했다.
"자유를 그려 본다. 아주 좋네. 내가 어렸을 적엔 다들 그런 식으로 말했지."
헤물렌이 말했다.
"잠깐만요. 저한테 박수를 쳐서는 안 됩니다. 우리 모두 존경하는 마음을 담아서 무민 가족을 삼십 초 동안 생각하는 시간을 가지면 어떨까 합니다. 우리는 무민 가족의

음식을 먹고, 아니, 남기고 간 음식을 먹고, 무민 가족의 나무 아래를 다니고, 무민 가족이 만들어 놓은 관용과 우정 그리고 삶의 기쁨을 누리며 지내고 있습니다. 잠시 묵념합시다!"

"삼십 초라고 했네."

그럼블 할아버지가 중얼거리더니 시간을 재기 시작했다. 모두 일어서서 잔을 들었는데, 무척 엄숙한 순간이었다.

"이십사, 이십오, 이십육."

시간을 재며 그럼블 할아버지는 오늘따라 다리가 조금 아팠다. 모두 그럼블 할아버지를 위해 묵념했어야 했다. 이 연회는 그럼블 할아버지를 위해 열었지 무민 가족을 위해 연 것이 아니었다. 무민 가족은 그럼블 할아버지처럼 배가 아프지도 않았다. 더구나 그럼블 할아버지는 시간 맞춰 오지 않은 앤시스터 때문에 기분도 좋지 않았다.

손님들이 무민 가족을 생각하며 묵념하는 동안, 무언가 쿵쿵거리는 이상한 소리가 바깥, 그러니까 부엌 계단 어디쯤에서부터 희미하게 들려왔다. 무언가가 벽을 손으로 짚고 더듬거리며 다가오는 소리 같았다. 필리용크는 문 쪽을 힐끗 보았는데, 걸쇠가 걸려 있었다. 필리용크와 토프트의 눈이 마주쳤다. 둘 다 고개를 쳐들고 쿵쿵거리며 냄새를 맡았지만 아무 말도 하지 않았다.

헤물렌이 소리쳤다.

"건배! 멋진 우정을 위하여!"

모두 유리잔에 든 사과주를 마셨는데, 자루가 달려 있고 가장자리에 무늬가 있는 무척 조그맣고 예쁜 유리잔이었다. 그런 다음 자리에 앉았다.

헤물렌이 말했다.

"다음은 우리 가운데 가장 작은 꼬마 순서입니다. 어린 순서대로 하는 편이 공평하겠지요, 그렇죠? 훔퍼 토프트입니다!"

토프트는 책 끝부분쯤 어딘가를 펼쳤다. 토프트가 꽤 낮은 목소리로, 긴 단어가 나오면 잠시 멈추어 가며 책을 읽었다.

"227쪽. 우리가 재구성하려 한 이 종의 생존 양식이 생리적 감각인 초식 동물의 본성을 온전히 유지함과 동시에 외부 환경에 지속적으로 공격적인 태도를 보여 왔다는 점은 극히 이례적인 일이라고 할 수 있다. 이 종은 주의력, 속도, 힘이나 일반적인 육식 동물의 발달에 걸맞은 포식 본능이 강화되는 등과 같은 어떠한 변화도 일으키지 않았다. 이빨은 씹는 표면이 무뎠고 발톱은 제대로 발달하지 못했으며 시력은 없다고 보아도 좋을 정도였다. 반면, 몸집은 놀라우리만치 커졌는데, 노골적으로 말하자면 이는 수천 년 동안 바위 틈새와 구멍 속에서 숨어 지내는 생활이 이 종에게 불안을 야기했기 때문이 틀림없다. 그리하여 우리는 놀라운 발달 형태에 직면했는데, 이는 바로 초식 동물이 가지는 모든 특성과 나태한 생활 방식에 결합된 비능률적이고 완벽하게 설명할 수 없는 공격성이다."

줄곧 귀 뒤에 손을 대고 앉아 있던 그림블 할아버지가 물었다.

"마지막에 뭐라고?"

그동안 그럼블 할아버지는 귀에 문제가 없었고 남들이 무슨 이야기를 하는지도 알았었다. 그리고 무슨 이야기를 하려는지도 잘 알아차렸다.

밈블이 꽤 높은 목소리로 대답했다.

"공격성이요."

그럼블 할아버지가 반사적으로 말했다.

"소리 지르지 말게. 난 귀머거리가 아닐세. 그런데 그게 뭔가?"

필리용크가 설명했다.

"화날 때 말이에요."

그럼블 할아버지가 말했다.

"아하, 이제 다 이해되는구면. 누가 또 뭘 써 왔나, 아니면 슬슬 다음 순서로 넘어가나?"

그럼블 할아버지는 앤시스터가 걱정되기 시작했다. 앤시스터도 자기처럼 다리가 아플지도 모를 일이었고, 계단을 내려오지 못할 수도 있었다. 기분이 상했거나 그냥 잠들었을지도 몰랐다. 그럼블 할아버지는 짜증이 나서 생각했다.

'늘 이렇게 뭔가 잘못되는군. 백 년 넘게 살다 보면 제대로 할 수 있는 일이 없지. 무례해지기도 하고……'

헤물렌이 소리쳤다.

"밈블! 다음 순서는 밈블입니다!"

밈블은 다소곳하고도 무척 자신만만한 표정으로 부엌 한가운데로 나왔다. 갓 감아 반짝반짝 빛나는 머리카락은 무릎에 닿을 만큼 길었다. 밈블이 스너프킨을 바라보며 고개를 살짝 끄덕이자, 스너프킨이 하모니카 연주를 시작했다. 스너프킨은 느릿느릿 불었고, 밈블은 팔을 높이 든 채 짧고 조심스럽게 한 발 한 발 떼며 동글게 돌았다. 하모니카 소리가 "슈, 슈, 티델리두" 하며 점점 노랫가락이 되어 생기를 띠자 밈블의 춤도 더 빨라졌고, 이제 부엌은 음악과 춤사위로 가득 찼으며, 밈블의 붉고 긴 머리카락은 마치 떠 있는 태양처럼 보였다. 얼마나 아름답고 즐거웠는지 모른다! 육중한 동물이 무엇을 하면 좋을지도 모르는 채로 집 주위를 빙글빙글 기어 다녀도 누구 하나 소리를 듣지 못했다. 손님들은 박자에 맞추어 발을 구르며 "티들디

디 티들디두" 하고 노래를 불렀다. 밈블은 장화를 벗어 던지더니 스카프도 풀어서 던져 버렸고, 종이 꽃 줄은 난로 열기에 흔들렸으며, 모두 손뼉을 쳐 댔고, 드디어 스너프킨이 숨을 거칠게 내쉬며 하모니카 연주를 멈추었다! 그러자 밈블이 자랑스럽게 웃었다.

다들 소리쳤다.

"브라보! 브라보!"

헤뮬렌은 마음을 담아 칭찬했다.

"밈블에게 진심으로 감사 인사를 전합니다."

밈블이 대답했다.

"저한테 감사하실 필요 없어요. 그만둘 수가 없었는걸요. 여러분도 그렇게 하셔야 해요!"

필리용크가 일어나 말했다.

"그만둘 수 없다는 말과 해야 한다는 말은 어울리지 않아요. 해야만 하는 일과 그만둘 수 없는 일은 같지 않다고 생각해요……."

모두 필리용크가 연설을 하고 싶어 한다고 생각해서 유리잔을 집어 들었다. 필리용크가 말을 더 이어 가지 않자 모두 음악을 더 연주하라고 소리쳤다. 하지만 흥미를 잃은 그럼블 할아버지는 자리에 앉아 냅킨을 조그맣게 단단히 말고 있었다. 불현듯 앤시스터가 노여워할지도 모르겠다는 생각이 들었다. 귀빈으로 초대되었으면 오래전에 하던 대로 연회장까지 안내를 받았어야 했다. 모두 아주 버릇없는 짓을 저지르고 말았다.

갑자기 그럼블 할아버지가 벌떡 일어나 식탁을 탕탕 두드렸다.

"우리 모두 아주 버르장머리 없이 굴었네. 귀빈도 없이 연회를 시작한 데다 귀빈이 계단을 잘 내려오도록 안내하지도 않았네. 자네들은 너무 어려서 품위라고는 모르는군. 살면서 연기 한 번 해 본 적도 없겠군그래! 연극도 없는 연회가 어디 있나? 하나 묻겠네. 지금부터 내 말 잘 듣게! 모두 자기가 가진 가장 멋진 무언가를 보여 주는 이 자리에서 나는 이제 내 친구 앤시스터를 소개할 걸세. 그는 피곤한 게 아닐세. 다리가 약하지도 않네. 화가 난 걸세!"

그럼블 할아버지가 말하는 사이, 필리용크는 조심스러웠지만 어쨌든 따뜻한 치즈 샌드위치를 날랐다. 그럼블 할아버지는 샌드위치 하나하나 놓치지 않고 눈길을 주면서 각자 접시 위에 놓이는 모습을 바라보았다. 그럼블 할아버지는 목소리를 높여 말하다 결국 소리를 내질렀다.

"자네, 내 순서를 망칠 작정인가!"

필리용크가 말했다.

"어머, 정말 죄송해요. 하지만 샌드위치가 따뜻해요. 오븐에서 막 꺼냈거든요……."

그럼블 할아버지가 조바심을 내며 말했다.

"가져오게. 가져와, 가져와. 하지만 내 친구가 더 화나지 않게 등 뒤에 숨기고 있게. 이제 모두 잔을 들고 앤시스터를 위해 건배하지."

필리용크가 종이 등을 들고 있었고, 그럼블 할아버지가 장롱 문을 열었다. 그럼블 할아버지는 고개를 깊이 숙여 인사했다. 앤시스터도 똑같이 고개 숙이며 인사했다.

그럼블 할아버지가 말했다.

"당신에게 여기 있는 이들을 소개하겠소. 이름을 잊어버릴 테지만, 그건 중요치 않소이다."

그럼블 할아버지는 유리잔을 들고 앤시스터 쪽으로 내밀어 쨍 소리를 냈고, 모두 서로 건배했다.

헤물렌이 소리쳤다.

"하지만 저는 이 모든 상황이 이해가 되질 않습니다."

밈블이 헤물렌의 다리를 걷어찼다.

"자네들도 내 친구와 건배하게."

그럼블 할아버지가 이렇게 말하며 몸을 돌렸다.

"아니, 이 친구가 어디 갔지?"

필리용크가 얼른 말했다.

"저희는 그분과 건배하기에는 너무 어려요. 화내실지도 몰라요……."

헤물렌이 소리쳤다.

"그분을 위해 만세를 부릅시다! 하나, 둘, 셋, 만세! 만세! 만세!"

모두 부엌으로 돌아온 다음, 그림블 할아버지가 필리용크 쪽으로 돌아서서 말했다.

"자네는 그 정도로 어리지는 않은데 말일세……."

"네, 그렇죠."

필리용크는 정신이 다른 데 팔린 채 대답하고 긴 코를 들어 올려 킁킁거렸다. 퀴퀴한 냄새, 무언가 썩는 듯한 메스꺼운 냄새가 났다. 필리용크는 토프트를 보았다. 토프트는 눈길을 돌린 채 생각했다.

'전기 냄새야.'

따듯한 부엌으로 돌아와 천만다행이었다.

그림블 할아버지가 말했다.

"이제 마술 묘기가 보고 싶구면. 내 모자에서 토끼 한 마리 꺼낼 수 있겠나?"

필리용크가 점잖게 말했다.

"아니에요. 이제 제 순서예요."

밈블이 소리쳤다.

"저는 뭔지 알아요. 우리 가운데 한 명이 방을 나가면 잡아먹히고, 그다음에 또 한 명이 나가면 잡아먹히는 끔찍한 이야기예요……."

필리용크가 쌀쌀맞게 말했다.

"이건 그림자극이야."

필리용크는 난로에 다가가더니 돌아서서 말했다.

"이 그림자극의 제목은 〈귀환〉입니다."

필리용크가 천장에 달려 있는 빵을 거는 막대에 침대보를 걸고 나서 부엌 등불을 침대보 뒤쪽 장작 상자 위에 올려놓고 부엌에 있는 다른 등불을 하나하나 불어서 껐다.

밈블이 혼잣말을 중얼거렸다.

"이제 불이 다시 켜지고 나면 마지막 한 명조차 잡아먹히고 없겠지."

헤물렌이 "쉿." 하며 밈블을 막았다. 필리용크는 커다랗고 하얗게 빛나는 침대보 뒤로 사라졌고, 모두 침대보만 바라보며 기다리고 있었다. 스너프킨이 천천히 속삭이듯 하모니카를 불기 시작했다.

이제 하얀 침대보 위로 까만 윤곽이, 배 한 척이 떠올랐다. 뱃머리에는 무척 작고 양파 모양 머리를 한 누군가가 있었다.

밈블이 생각했다.

'미이로구나. 미이가 딱 저렇게 생겼지. 정말 잘 만들었는걸.'

배는 침대보 위 바다 한가운데로 천천히 미끄러져 갔는데, 어떤 배도 그렇게 평온하고 자연스럽게 바다를 항해할 수 없을 정도였고, 배에는 무민 그리고 손가방을 뱃전에 기대어 놓은 무민마마, 모자를 쓰고 고물에 앉아 배를 모는 무민파파까지 가족 모두 앉아 있었다. 무민 가족은 집으로 항해하고 있었다. (하지만 키 모양이 썩 좋아 보이지는 않았다.)

홈퍼 토프트는 무민마마만 바라보았다. 토프트에게는

세세한 하나하나까지 모두 관찰할 수 있을 만큼 시간이 넉넉했고, 토프트의 눈에는 까만 그림자에 색깔이 입혀져서 진짜 배가 움직이는 듯이 보였다. 스너프킨은 연극이 시작된 뒤로 줄곧 편안한 음악을 연주해서 음악 소리가 그쳐도 아무도 알아채지 못했다. 무민 가족이 집으로 돌아왔다.

그럼블 할아버지가 혼잣말했다.

"진정한 그림자극이로군. 내 그림자극을 많이 봤고 모두 기억하네. 하지만 이번이 최고로군."

막이 걷히고 연극이 끝났다. 필리용크가 부엌 등불을 후 불어 끄자 부엌이 칠흑 같이 어두워졌다. 모두 조금 놀랐지만 그대로 어둠 속에 앉아 잠자코 기다렸다.

갑자기 필리용크가 소리쳤다.

"성냥을 못 찾겠어!"

그 순간 어둠의 분위기가 달라졌다. 바람이 윙윙거리는 소리가 들려왔고, 부엌이 훨씬 넓어진 듯했으며, 벽은 바깥의 밤 쪽으로 기울어진 느낌이 들었고 다리에 한기가 느껴지기 시작했다.

필리용크가 다시 한 번 날카롭게 소리쳤다.

"성냥을 못 찾겠다고!"

의자 다리가 바닥에 끌리는 소리가 들리더니 무언가가 식탁 위로 엎어졌다. 모두 자리에서 일어나자, 어둠 속에서

서로 부딪혔고 누가 침대보를 뒤집어쓰고 의자 위로 넘어졌다. 토프트가 고개를 쳐들었고, 지금 그 동물이 저 바깥에 있었는데, 부엌문 바로 옆쪽 벽에 커다랗고 육중한 몸뚱이를 부비고 있었다. 천둥이 다시 우르릉댔다.

필리용크가 소리쳤다.

"밖에 그것들이 있어! 기어들어 오려고 해!"

토프트는 문에 귀를 바짝 대고 귀를 기울였지만, 바람 소리밖에 들리지 않았다. 걸쇠를 연 토프트가 문밖으로 걸어 나갔고, 문은 토프트의 뒤에서 소리 없이 닫혔.

드디어 등에 불이 붙었는데, 성냥은 스너프킨이 찾아냈다. 헤물렌이 웃음을 터뜨렸다.

"이것 좀 봐! 내가 샌드위치를 밟아서 끌고 다녔어!"

부엌은 여느 때와 다름없어 보였지만 아무도 자리에 앉지 않았다. 토프트가 사라진 줄도 몰랐다.

필리용크가 불안한 목소리로 말했다.

"우리 이대로 두고 연회를 끝내죠. 다 그냥 내버려두세요. 설거지는 내일 제가 할게요."

그럼블 할아버지가 소리쳤다.

"벌써 집에 가려는 겐가?! 이제 앤시스터는 잠자리에 들었으니 재미 좀 보세!"

하지만 아무도 연회를 계속하고 싶어 하지 않았다. 서로 재빠르고도 무척 공손하게 악수하며 밤 인사를 주고받은 손님들은 얼마 지나지 않아 떠나 버렸다. 그럼블 할아버지는 떠나기 전에 바닥을 쿵쿵 구르며 말했다.

"어쨌든 내가 마지막까지 남았구먼!"

어둠 속으로 나간 토프트는 계단에 가만히 서서 기다렸다. 하늘은 무민 골짜기를 물결치듯 에워싼 산의 윤곽보다는 조금 더 밝았다. 그 동물은 숨죽이고 있었지만 토프트는 그 동물이 자신을 바라보고 있다고 느꼈다.

토프트가 부드럽게 불러 보았다.

"화폐석아……. 작은 방산충아, 원생동물아……."

하지만 그 동물이 책에 나오는 이상한 이름을 알 리 없었다. 자신이 왜 으르렁대는지도 모르고 어리둥절해하고 있을지도 몰랐다.

토프트는 무섭다기보다 걱정스러웠다. 화폐석이 무슨 일을 저지를지 몰라 걱정이었는데, 너무 커졌고 너무 화가 난 데다 그렇게 커져서 화난 상태가 익숙하지도 않을 터였다. 토프트가 머뭇거리며 한 걸음 떼자마자 그 동물이 한 발짝 뒤로 물러서는 느낌이 들었다.

토프트가 설명했다.

"멀리 가지 마. 조금만 떨어져 있으면 되잖아."

토프트는 풀밭 위를 계속 걸어갔고, 모양이 고르지 않고 제대로 된 형태조차 없는 그림자 같은 그 동물도 거리를 두고 물러났는데, 동물이 미끄러지듯 지나간 자리마다 나무 덤불이 부러지고 쓰러졌다.

토프트는 생각했다.

'몸집이 너무 커졌어. 너무 커져서 버거운가 봐.'

그때 재스민 덤불이 부러지는 소리가 났다.

훔퍼가 멈추어 서서 속삭였다.

"진정해, 괜찮아……."

그 동물이 토프트를 향해 으르렁거렸다. 토프트는 빗방울이 떨어지는 희미한 소리를 들었고, 저 멀리에서 천둥이 우르릉대고 있었다. 둘은 계속 나아갔다. 그동안 토프트는 쉬지 않고 말을 걸었다. 이제 둘은 밤중에도 푸른빛을 내며 깊숙이에서 일렁이는 모습이 뚜렷이 보이는 수정 구슬 앞까지 갔다.

토프트가 말했다.

"이건 뭔가 맞지 않아. 우리는 싸울 수 없어. 우리 가운데 누구도 싸울 수 없어. 내 말을 믿어야 해."

화폐석은 듣고 있었지만 그저 토프트의 목소리에 귀 기울이고 있을 뿐이었다. 토프트는 추웠고 신발도 젖어서 더는 참지 못하고 말했다.

"몸을 작게 만들어서 숨어! 넌 그 상태로는 못 견뎌!"

그러자 갑자기 수정 구슬이 어두워졌다. 길고도 푸른 물결이 빠르게 일렁거리며 소용돌이치자 깊은 구멍이 열렸다가 다시 오므라들었다. 그 원생동물이 몸집을 작게 만들어 원래 자기 모습으로 돌아갔다. 무엇이든 받아들이고 돌보는 무민파파의 수정 구슬이 당황한 화폐석을 향해 문을 열어 주었다.

토프트는 집으로 돌아가 벽장으로 살금살금 올라갔다. 그물 안에 몸을 웅크린 토프트는 금세 잠들었다.

모두 뿔뿔이 흩어진 뒤, 부엌 한가운데에 선 필리용크는 생각에 잠겨 있었다. 온통 뒤죽박죽이었는데, 꽃 줄은 발에 밟히고 의자는 나자빠지고 종이 등에서 떨어진 촛농이 사방에 덕지덕지 묻어 있었다. 필리용크는 바닥에 떨어진 샌드위치를 하나 주워들고는 한 입 베어 문 다음 쓰레기통에 던져 버렸다.
 필리용크가 혼잣말을 중얼거렸다.
"제대로 된 연회였어."
 바깥에는 다시 비가 내리고 있었다. 필리용크는 주의 깊게 귀를 기울여 보았지만 빗소리만 들려왔다. 그 무언가는 떠나 버린 모양이었다.
 필리용크는 기쁘거나 화나지도 않았고 그저 피곤했다. 세상이 멈춘 듯 고요해서 귀를 기울이고만 있었다. 필리용크는 스너프킨이 식탁에 두고 간 하모니카를 집어 들고 잠시 멈추었다. 바깥에서는 빗소리만 들려왔다. 필리용크는 숨을 내쉬고 들이쉬며 하모니카 소리를 들어 보았다. 이제 부엌 식탁 옆에 앉았다. 어떻게 하더라, 하며 "투들디 투들두……" 불어 보았다. 맞는 음을 찾기가 어려워서 다시 한 번, 또 한 번 불며 무척 조심스럽게 여러 음 가운데 첫 번째 음을 찾아내자 두 번째 음은 저절로 이어졌다. 노랫가락은 필리용크의 곁을 스쳐 지나갔지만 다시 돌아왔다. 음을 찾으며 분다기보다 느낌대로 부는 듯했다. "투들두, 투들디" 이제 모든 음이 연이어 흘러나왔는데, 한 음 한 음이 모두 정확히 알맞은 때 나오고 있었다.

몇 시간이 지나도록 필리용크는 부엌 식탁 옆에 앉아 신중하고도 경건하게 하모니카를 불었다. 음은 노랫가락이 되었고 노랫가락은 음악이 되었다. 필리용크는 스너프킨의 노래뿐만 아니라 자기만의 노래도 연주했고, 전에는 맛보지 못한 오롯한 평화를 느꼈다. 누가 하모니카 소리를 듣든 말든 신경도 쓰지 않았다. 바깥 정원은 고요했고, 기어 다니던 것들도 모두 사라졌으며, 바람이 점점 거세어지는 어두운 가을밤일 뿐이었다.

필리용크는 부엌 식탁에서 팔을 베고 엎드린 채 잠이 들었다. 아침 8시 반까지 푹 자고 일어난 필리용크가 주위를 둘러보고는 혼잣말을 중얼거렸다.

"이 꼴이 다 뭐람! 오늘은 대청소를 해야겠어."

제19장

8시 35분, 아직 어둠에 잠겨 있는 아침이었지만 창문이 차례대로 모조리 열리더니 이불과 침대보와 담요가 창틀마다 널렸고, 집 안으로 들어온 싱그러운 바람이 방 안에 자욱한 구름처럼 먼지를 일으켰다.

필리용크가 청소를 하고 있었다. 냄비를 몽땅 꺼내 난로 위에 올려 물을 데웠고, 청소용 솔과 행주와 그릇을 찬장에서 꺼내 온갖 곳에 늘어놓았고, 베란다 난간에는 카펫이 나와 있었다. 이제껏 누구도 본 적이 없는 어마어마한 대청소였다. 모두 언덕 위에 서서 놀란 얼굴로 필리용크가 이리저리 뛰어 다니는 모습을 바라보고 있었다. 필리용크는 머리에 수건을 두르고 무민마마의 앞치마를 입었는데, 앞치마가 너무 커서 몸에 허리끈을 세 번이나 감아 묶었다.

스너프킨이 부엌으로 가서 하모니카를 찾았다.

필리용크가 지나가며 말했다.

"오븐 선반 위에 있어. 아주 조심히 놔두었단다."

스너프킨이 머뭇거리다 말했다.

"좀 더 가지고 있어도 돼."

하지만 필리용크는 딱 잘라 대답했다.

"가져가. 난 내 것을 장만할 테니까. 그리고 발 조심해. 지금 쓰레기를 밟고 있잖아."

필리용크는 다시 청소를 하게 되어 얼마나 기뻤는지 모른다. 필리용크는 먼지가 어디에 숨어 있는지 정확히 알았는데, 고운 잿빛 먼지는 구석마다 마음 놓고 소복이 쌓여 있었다. 필리용크는 굴러다니는 큼지막한 먼지 뭉치와 안전하게 숨어 있다고 생각한 머리카락 뭉치를 모조리 찾아냈다. 하하! 나방 애벌레, 거미 그리고 지네, 꿈틀거리며 기어 다니는 온갖 징그러운 벌레가 필리용크의 커다란 빗자루에 쓸려 나갔고 따뜻한 물줄기와 비누 거품에 씻겨 내려갔다. 양동이마다 가득 담겨 문밖으로 나간 쓰레기도 만만치 않게 많았다. 삶이란 정말로 재미있었다.

그럼블 할아버지가 말했다.

"나는 여자들이 청소할 때마다 마뜩찮더군. 앤시스터가 있는 장롱은 건드리지 말라고 누가 말해 뒀나?"

하지만 장롱도 물론 청소했는데, 다른 곳보다 두 배는 더 박박 닦았다. 필리용크가 손대지 않은 곳은 장롱 안쪽 문에 달린 거울뿐이었는데, 뿌연 그대로 내버려두었다.

결국 그럼블 할아버지만 빼고 모두 청소하는 재미에 빠

져들었다. 다들 물을 나르고 카펫을 털고, 바닥 여기저기를 북북 문질러 닦았고, 창문을 하나씩 맡아 닦기도 했으며, 출출해지면 식료품 저장실에 가서 간밤에 먹고 남은 음식이 없나 뒤지기도 했다. 필리용크는 먹지도 말하지도 않았는데, 청소 말고 다른 일을 할 시간도 없었고, 할 마음도 들지 않았다! 가끔 조그맣게 휘파람을 불었고, 발걸음은 통통 튀듯 가벼웠지만, 바람처럼 이쪽저쪽으로 다녀 보아도 쓸쓸함과 두려움이 모두 되돌아오는 듯하자 한 가지 생각이 스쳤다.

'무엇 때문일까? 내가 커다란 먼지 뭉치 같아……. 그런데 왜?'

필리용크는 아무 이유도 생각나지 않았다.

이렇게 해서 어마어마하고 멋진 대청소 날이 저물었고, 다행히 비도 오지 않았다. 노을이 질 무렵에는 모든 물건이 제자리에 놓였고 모두 깨끗하게 윤이 났고 향기로운 냄새가 풍겼으며 어느 쪽에서 보아도 잘 닦인 창문으로 집이 훤히 들여다보였다. 필리용크는 머릿수건을 풀고 무민마마의 앞치마를 제자리에 걸어 놓았다.

필리용크가 말했다.

"됐구나. 이제 돌아가서 내 집도 청소해야지. 거기도 청소할 필요가 있어."

 모두 베란다 계단에 앉아 있었는데, 저녁이라 무척 추웠지만 집으로 돌아가 맞이할 변화를 생각하고 있었다.
 헤물렌이 진심에서 우러나 말했다.
 "집을 청소해 줘서 고마워."
 필리용크가 대답했다.
 "나한테 고마워할 것 없어. 그만둘 수가 없었는걸! 다들 그렇게 해야 해. 밈블처럼 말이지."
 헤물렌이 말했다.

"정말 이상한 일이지. 우리가 말하고 행동했던 모든 일이 전에 한 번씩 일어났던 일 같다는 생각이 가끔 들거든. 그렇지 않아? 내 말이 무슨 뜻인지 알겠어? 모든 일이 비슷하다고."

밈블이 말했다.

"다를 이유가 뭐가 있겠어? 헤물렌은 늘 헤물렌이고, 너한테는 늘 비슷한 일만 일어나겠지. 밈블한테는 가끔 청소하기 싫어 도망가는 일이 일어날 테고!"

밈블은 무릎을 치며 깔깔대고 웃었다.

필리용크가 궁금하다는 듯이 물었다.

"앞으로도 늘 비슷할까?"

밈블이 대답했다.

"난 그랬으면 좋겠어!"

그럼블 할아버지는 모두를 차례차례 돌아보며 청소하고 사실도 아닌 일로 수다를 떠는 모습에 짜증이 났다.

그럼블 할아버지가 말했다.

"여기는 너무 춥구먼."

그럼블 할아버지는 뻣뻣하게 일어나 집으로 들어갔다.

스너프킨이 말했다.

"눈이 오겠군."

다음 날 아침에는 첫눈이 내렸는데, 작고 단단한 눈송이들이 내려앉았고 지독하게 추웠다. 필리용크와 밈블은 다리 위에 서서 작별 인사를 했고, 그럼블 할아버지는 아직 일어나지 않았다.

헤물렌이 말했다.

"정말 보람 있는 시간이었어. 언젠가 무민 가족과 함께 다시 만나면 좋겠군."

필리용크가 건성으로 대답했다.

"그래. 아무튼 도자기 꽃병과도 이별이네. 그 하모니카는 상표가 어떻게 되지?"

스너프킨이 말했다.

"제2 하모니온이야."

토프트가 중얼거렸다.

"안녕히 가세요."

그러자 밈블이 말했다.

"그럼블 할아버지한테 인사 전해 줘. 할아버지는 절인 오이를 좋아하고, 저 강은 시내라고 해야 한다는 것 잊으면 안 돼!"

필리용크는 여행 가방을 집어 들고 엄한 목소리로 말했다.

"그럼블 할아버지가 약을 잘 챙겨 드시는지 살펴봐. 그분이 좋아하든 아니든 말이야. 백 살이라는 나이를 우습게 생각하면 안 돼. 연회는 언제든 하고 싶을 때 한 번 더 열어도 된단다."

필리용크는 뒤도 한 번 돌아보지 않고 다리를 건넜고 밈블이 그 뒤를 따랐다. 작별할 때 으레 느끼는 울적하고도 홀가분한 마음을 안고 휘몰아치는 눈보라 속으로 사라졌다.

하루가 다 가도록 눈이 내렸고 날은 더 추워졌다. 눈이 소복이 쌓인 땅바닥과 다른 이들과의 이별 그리고 깨끗하게 청소된 집까지 변하지 않는 이 모든 흔적이 생각에 잠긴 하루를 보내게 했다. 자리에 선 헤물렌은 나무를 올려다본 다음, 널빤지를 톱질해서 잘랐지만 바닥에 그냥 내버려두었다. 그러더니 잠자코 서서 바라보기만 했다. 가끔 집 안으로 들어가 기압계를 톡톡 두드리기도 했다.

그럼블 할아버지는 거실 소파에 누워 곰곰이 변화를 생각하고 있었다. 밈블이 옳았다. 불현듯 시내가 아니라 개울이라는 사실을 깨달았다. 눈 덮인 개울가를 따라 굽이굽이 흘러가는 갈색 개울, 그러니까 그냥 갈색 개울일 뿐이었다. 더구나 이제 더는 낚시도 할 수 없었다. 그럼블 할아버지는 벨벳 베개를 베고 시내에서 얼마나 즐거운 일이

있었는지 떠올려 보았는데, 점점 더 많은 기억이 떠올랐고 시냇물이 어떻게 흘렀는지, 아주 오래전 그때 얼마나 물고기가 많았는지 그리고 밤이 얼마나 따스하고 밝았는지, 어찌나 쉴 새 없이 이런저런 일이 벌어졌는지 모조리 기억났다. 일어나는 모든 일을 놓치지 않으려고 두 발로 뛰어다녔던 그때, 아주 잠깐 눈만 붙이던 그때, 모든 일에 웃음이 터져 나오던 그때……. 그럼블 할아버지는 앤시스터와 이야기를 나누려고 걸음을 옮겼다.

그럼블 할아버지가 말했다.

"안녕하신가. 눈이 오고 있소이다. 요즘은 왜 이리 하찮은 일만 일어나는지, 왜 다들 그렇게 소심한지 아시오? 내 시내는 어디로 갔소?"

그럼블 할아버지는 입을 다물었다. 절대로 대답하는 법이 없는 친구와 이야기를 나누려니 피곤했다. 그럼블 할아버지는 지팡이로 바닥을 쿵쿵 내리치며 말했다.

"당신은 너무 늙어 버렸나 보오. 더구나 이제 겨울이 왔으니 더 늙겠구려. 겨울에는 더 끔찍하게 늙어 버리니 말이오."

그럼블 할아버지는 친구를 바라보며 기다렸다. 다락에 있는 모든 문이 열려 깨끗하게 청소된 텅 빈 방이 한눈에 보였다. 닫힌 채로 적당히 지저분했던 방은 온데간데없이 사라지고 네모반듯한 카펫이 제자리에 놓여 있고 춥고 눈 내리는 겨울 빛이 온 세상을 비추고 있었다. 그럼블 할아버지는 쓸쓸하고도 노여워 소리를 질렀다.

"말을 좀 하라니까?!"

하지만 앤시스터는 아무 대답이 없었고, 무척 긴 실내용 외투를 입고 서서 빤히 바라보기만 할 뿐 입도 벙긋하지 않았다.

그럼블 할아버지가 심각하게 말했다.

"장롱에서 나오게. 나와서 좀 보게. 녀석들이 몽땅 바꿔 놓고 가는 바람에 원래 모습이 어땠는지는 우리 둘밖에 모른다네!"

그러고는 그럼블 할아버지가 지팡이로 앤시스터의 배를 푹 찌르자 날카로운 쨍그랑 소리가 났다. 낡은 거울이 산산조각 나서 깨지며 바닥으로 떨어졌고, 길고 가늘게 조각 난 거울 하나가 당황한 앤시스터의 얼굴을 비추었지만 결국 떨어져 버렸다. 그럼블 할아버지는 우두커니 서서 휘둥그레진 눈으로 텅 비어 버린 갈색 판자만 바라보았다.

그럼블 할아버지가 말했다.

"그렇군. 가 버렸구먼. 화가 나서 가 버렸어."

그럼블 할아버지는 부엌 난로 앞에 앉아 생각에 잠겨 있었다. 부엌 식탁 옆에는 헤물렌이 앞에 그림 여러 장을 펼쳐 놓고 앉아 있었다.

헤물렌이 말했다.

"벽이 맞아떨어지질 않아요. 조금 기울어져서 떨어져 버릴지도 모르겠어요. 나뭇가지에 맞춰서 벽을 만들기가 여간 어렵지 않네요."

그럼블 할아버지는 생각했다.

'겨울잠을 자러 갔을지도 모르겠군.'

헤물렌은 말을 이었다.

"사실은 말이에요. 실제로는 벽 안에 갇힐 뿐이잖아요. 밤에 바깥을 바라보고 주위에 무슨 일이 일어나는지 알 수도 있으려면 그냥 나무 위에 앉아 있는 편이 더 낫지 않을까요? 그렇죠?"

그럼블 할아버지가 혼잣말했다.

"봄이 오면 중요한 일이 일어날지도 모르지."

헤물렌이 물었다.

"뭐라고 하셨어요? 그게 더 낫다고요?"

"아닐세."

그럼블 할아버지가 대꾸했지만, 헤물렌의 말을 듣지는 않았다. 드디어 그럼블 할아버지는 자신이 무엇을 하면 좋을지 알았고, 간단한 일이었다! 겨울을 통째로 건너뛰어 한달음에 4월로 가기만 하면 됐다. 걱정할 일은 아무것도, 전혀, 눈곱만큼도 없었다! 그저 편히 잠잘 자리를 만들고 세상이 알아서 돌아가게 내버려두기만 하면 되었다. 잠에서 깨면 모두 있어야 할 그 자리에 있을 터였다. 그럼블 할아버지는 식료품 저장실로 가서 전나무 잎이 든 그릇을 꺼냈고, 너무 기뻤으며 갑자기 지독한 졸음이 몰려왔다. 그럼블 할아버지는 생각에 잠긴 헤물렌 옆을 지나가며 말했다.

"잘 있게. 나는 겨울잠을 자러 가네."

헤물렌이 다른 생각에 정신이 팔린 채 대답했다.
"네, 쉬세요."
문이 쾅하고 닫히자, 헤물렌은 고개를 들어 그럼블 할아버지를 찾아 두리번거리다 다시 단풍나무에 집을 짓기가 얼마나 어려운가 하는 생각에 빠져들었다.

그날 저녁, 하늘은 티 없이 맑았다. 토프트가 정원을 지나갈 때 발밑에서 살얼음이 깨져 바삭거렸다. 무민 골짜기는 차디찬 침묵으로 가득 찼고 언덕은 눈이 쌓여 반짝였다. 수정 구슬은 속이 텅 비어 있었다. 아름다운 푸른

빛 수정 구슬일 뿐이었다. 하지만 까만 밤하늘에는 별이 가득 수놓아져 있었는데, 눈부시게 반짝거리는 수백만 개 다이아몬드처럼 겨울의 별들이 추위 속에서 이전보다 더 밝게 반짝였다.

토프트가 부엌으로 들어서며 말했다.

"이제 겨울이에요."

헤물렌은 벽 없이 그냥 바닥만 있는 편이 더 낫겠다고 결정을 내리고는 홀가분하게 종이를 한데 모아 묶고 나서 말했다.

"그럼블 할아버지는 겨울잠을 자러 가셨어."

토프트가 물었다.

"물건은 챙겨 가셨어요?"

헤물렌이 깜짝 놀라 말했다.

"뭐가 필요한데?"

물론 겨울잠을 자고 일어날 때쯤이면 훨씬 젊어졌을 테니 혼자 쉬는 일 말고는 아무것도 필요하지 않을 터였다. 하지만 토프트는 그럼블 할아버지가 겨울잠을 자는 동안 누가 자신을 찾아왔다는 사실을 아는 것이 중요하다고 생각했다. 그래서 토프트는 그럼블 할아버지의 물건을 찾아 장롱 앞에 가져다놓았다. 깃털 이불도 덮어 주고 추울까 봐 이불깃도 꼭꼭 여며 주었다. 장롱 안에는 순한 향신료 냄새가 희미하게 남아 있었다. 그럼블 할아버지의 술병에는 4월에 생기를 되찾아 주기에 딱 알맞을 만큼 술이 남아 있었다.

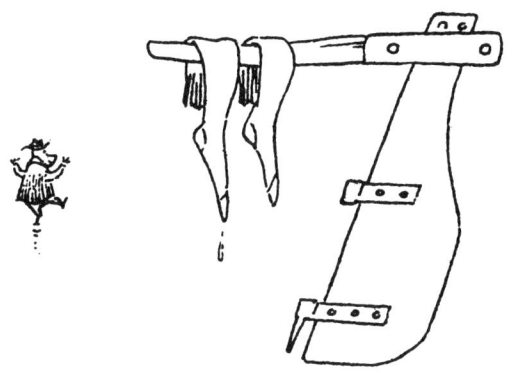

제20장

그럼블 할아버지가 겨울잠을 자러 장롱 속으로 들어가자 골짜기는 더 고요해졌다. 헤물렌이 단풍나무 위에서 망치질하는 소리가 가끔 들려왔고, 장작 창고에서 도끼질하는 소리도 가끔 들려왔다. 그때 말고는 고요했다. 남은 이들은 "안녕." 또는 "좋은 아침이야." 하는 인사는 했지만 이야기를 나눌 마음은 없었다. 자기 일이 마무리되길 기다릴 뿐이었다.

때로는 누가 먹을 것을 찾으러 식료품 저장실을 들어가기도 했다. 난로 위에 놓인 커피 주전자는 하루 내내 따뜻했다.

사실, 고요한 무민 골짜기는 무척 아름답고 아늑했고, 서로 자주 마주치지 않는 편이 더 익숙하고 편했다. 푸른 수정 구슬은 완전히 텅 비어서, 무엇으로든 채워질 준비가 되어 있었다. 날은 갈수록 더 추워졌다.

그러던 어느 날 아침에 일이 벌어졌는데, 나무 집의 바닥이 우당탕 무너져 내려 커다란 단풍나무는 헤물렌이 집을 짓기 전과 똑같은 모습이 되어 버리고 말았다.

헤물렌이 말했다.

"이상한 일도 다 있단 말이지. 똑같은 일이 계속 일어나는 느낌이 들어."

셋은 단풍나무 밑에 서서 무슨 일이 일어났는지 바라보고 있었다.

토프트가 수줍어하며 말했다.

"혹시 몰라서 하는 말인데요. 무민파파는 그냥 나무 위에 앉아 있을 때 더 기분 좋지 않을까요?"

헤물렌이 고개를 끄덕였다.

"네가 잘 짚었어. 무민파파가 하던 방식에 따르는 편이 낫겠지, 그렇지? 등불을 걸 못 정도는 박을 수 있어. 하지만 나뭇가지에 거는 편이 더 자연스럽겠지."

모두 커피를 마시러 집 안으로 들어갔고, 이번에는 모두 함께 커피를 마셨고 잔 아래에는 접시를 받쳤다.

헤물레이 잔을 빙글빙글 돌리며 진지하게 말했다.

"사건 하나가 우리를 다시 모이게 만들었군. 그럼 우린 이제 어떡하지?"

토프트가 말했다.

"기다려야지요."

헤물렌이 말했다.

"그렇지만 나는? 너야 무민 가족이 돌아올 때까지 기다리기만 하면 되겠지만 나한테는 전혀 다른 문제거든."

토프트가 물었다.

"왜요?"

헤물렌이 대답했다.

"글쎄."

스너프킨이 커피를 더 따르며 말했다.

"열두 시가 되면 바람이 불겠어."

토프트가 버럭 소리를 질렀다.

"늘 그렇게 말하죠! 누가 뭘 해야 할까, 어떻게 될까 묻거나 너무 끔찍하다고 말하면 그냥 눈이 내리겠다거나 바람이 불겠다거나, 그도 아니면 설탕이 더 필요하냐고 묻기만 하잖아요!"

헤물렌이 놀라서 말했다.

"이것 봐. 너 또 화내는구나. 왜 한 번씩 그렇게 화를 내지?"

토프트가 중얼거렸다.

"저도 모르겠어요. 화났다기보다 그냥 좀……."

스너프킨이 설명했다.

"나는 거룻배를 생각하고 있었어. 열두 시 넘어서 바람이 불기 시작하면 헤물렌이랑 내가 잠깐 배를 탈 수도 있겠다 싶어서."

헤물렌이 말했다.

"배에 물이 새는데."

스너프킨이 대답했다.

"아니야. 내가 막아 놨거든. 장작 창고에서 돛도 찾았고. 한번 타 볼래?"

토프트는 헤물렌의 두려움이 느껴져 얼른 커피 잔으로 눈길을 돌렸다. 이윽고 헤물렌이 말했다.

"정말 멋지겠는걸."

12시 반쯤 되자 바람이 불기 시작했는데, 거센 바람은 아니었지만 어쨌거나 바닷물 위로 하얀 잔물결이 잔뜩 일었다. 스너프킨은 거룻배를 탈의실 부잔교에 내놓고 돛을 올린 다음 헤물렌을 뱃머리에 앉혔다. 날이 너무 추워서 스너프킨과 헤물렌은 털옷을 닥치는 대로 찾아 껴입었다.

하늘은 맑았고 수평선 주위로는 짙푸른 겨울 구름이 뭉게뭉게 떠 있었다. 스너프킨은 곶을 향해 방향을 돌렸고 거룻배는 기울어진 채 속력을 내기 시작했다.

헤물렌이 떨리는 목소리로 크게 소리쳤다.

"바다가 웅장하구나."

얼굴이 하얗게 질린 헤물렌은 물보라가 이는 초록빛 바다와 바닷물에 바짝 닿을 듯이 기우뚱거리는 뱃머리를 바라보았다.

헤물렌은 생각했다.

'이런 느낌이구나. 이게 바로 항해야. 온 세상은 출렁거리고 우리는 바닥을 알 수 없는 곳 맨 꼭대기에 매달려 있는 데다 참을 수 없을 만큼 춥고, 창피하지만 항해를 나온 게 후회스럽기까지 해. 하지만 너무 늦었지. 스너프킨이 내가 겁먹은 줄은 몰랐으면 좋겠어.'

곶에 가까워지자 거룻배는 폭풍이 먼 바다에서부터 몰고 온 커다란 파도와 맞닥뜨렸고, 스너프킨은 방향을 잡고 계속 나아갔다.

헤물렌은 속이 메스꺼워지기 시작했다. 놀리기라도 하듯 천천히 뱃멀미가 찾아왔고, 헤물렌은 하품을 하고 또 하며 침을 삼키고 또 삼켰다. 그러다 갑자기 온몸에 기운이 빠지면서 힘이 없어졌고, 배 속에서부터 구역질이 나서 죽을 것만 같았다.

스너프킨이 말했다.

"이제 키를 잡아 봐."

"아니야, 아니야, 됐어."

팔을 내저으며 속삭인 헤물렌의 배 속이 새로운 고통으로 꿈틀댔고 바다는 가차 없이 또 다른 방향에서 헤물렌을 공격해 왔다.

스너프킨이 다시 한 번 말했다.

"키를 잡아야 해."

그러고는 일어나 배 한가운데로 성큼성큼 걸음을 옮겼다. 키가 손쓸 새 없이 저절로 왼쪽 오른쪽으로 왔다 갔다 하고 있었고, 누군가는 키를 잡아야 하는 무시무시한 상황에 놓였다. 헤물렌은 고물 쪽으로 몸을 돌려 넘어질 듯 비틀거리며 가로장을 넘은 다음, 꽁꽁 언 손으로 키를 붙들었다. 돛이 심하게 펄럭거렸고 세상이 끝날 것만 같았다! 그런데도 스너프킨은 잠자코 앉아서 수평선만 바라보고 있었다.

헤물렌이 키를 이쪽저쪽으로 움직여 보자 돛이 버걱거리며 배 안으로 물이 들어왔지만 스너프킨은 여전히 수평선만 바라보고 있었다.

헤물렌은 속이 메스꺼워서 생각할 겨를도 없이 본능적

으로 키를 쥐고 몰았다. 그러자 갑자기 배가 균형을 잡더니 돛에 바람이 가득 안겨 거친 파도를 타고 안정적으로 나아가게 되었다.

헤뮬렌은 생각했다.

'이제 구역질은 나지 않네. 이 키만 꼭 쥐고 있으면 토할 일은 없겠어.'

헤뮬렌의 배 속이 가라앉았다. 헤뮬렌은 파도에 솟구쳤다 내려앉고, 다시 솟구쳤다 내려앉기를 반복하는 뱃머리에서 눈을 떼지 않았다.

'다시 구역질나는 일 없이 세상 끝까지 계속 갔으면 좋겠

군. 구역질만 나지 않으면 배가 가라앉아도 상관없어…….'
 헤물렌은 근육 하나 움직이지도, 표정 하나 바꾸지도, 다른 생각조차 할 엄두를 내지 못한 채 파도를 따라 위아래로 일렁거리는 뱃머리만 바라보았다. 배는 순풍을 타고 저 바다를 향해 멀리, 더 멀리 나아갔다.

 훔퍼 토프트는 설거지를 하고 나서 헤물렌의 침대에 이불을 펴 놓았다. 단풍나무 아래에 떨어져 있던 나무판자도 모두 모아 장작 창고 뒤에 숨겨 놓았다. 이제 토프트는 부엌 식탁에 자리를 잡고 앉아 바람 소리에 귀 기울이며 기다렸다.
 드디어 정원에서 말소리가 들려왔고, 헤물렌과 스너프킨이 돌아왔다. 부엌 계단을 올라오는 발소리가 들리는가 싶더니 헤물렌이 들어오며 말했다.
 "다녀왔어."
 토프트가 말했다.
 "네, 돌아오셨네요. 바람이 많이 불어요?"
 헤물렌이 대답했다.
 "강풍이야. 개운하고도 혹독한 날씨야."
 얼굴이 새파랗게 질린 헤물렌은 추위에 덜덜 떨며 젖은 장화와 양말을 벗어서 잘 마르도록 난로 위에 널어놓았다.

토프트는 커피 한 잔을 따라 주었다. 부엌 식탁에서 서로 마주 보고 앉아 있자니 어색했다.

헤물렌이 말했다.

"고민이란다. 이제 집에 가는 편이 낫지 않나 싶어서."

헤물렌은 재채기를 하더니 이어 말했다.

"내가 배를 몰았어."

토프트가 중얼거렸다.

"아저씨의 배가 그리웠나 봐요."

헤물렌은 아주 오랫동안 말이 없었다. 마침내 헤물렌이 무척 홀가분한 표정으로 입을 열었다.

"있잖아. 너한테 할 말이 있어. 배를 타고 바다로 나간

적은 이번이 난생처음이야!"

토프트가 아무렇지도 않은 듯하자 헤물렌이 물었다.

"놀라지 않았어?"

토프트는 고개를 끄덕였다.

헤물렌은 자리에서 일어나 부엌 여기저기를 서성거리기 시작했는데, 무척 괴로운 듯했다.

헤물렌이 말했다.

"배를 몰 때는 정말 끔찍했어. 어찌나 속이 울렁거렸는지 그냥 죽어 버리고 싶었다니까. 내내 무서웠고!"

토프트가 헤물렌을 바라보며 말했다.

"정말 무서웠나 봐요."

헤물렌이 기분 좋게 고개를 끄덕였다.

"그랬다니까. 하지만 스너프킨은 눈치 채지 못했어! 아마 내가 배를 잘 몰았다고만 생각하겠지. 너도 알겠지만 정말 잘 몰았거든. 그리고 이제 나는 배를 타지 않아도 돼. 정말 이상하다니까, 그렇지? 배를 타고 나서야 배를 탈 필요가 없다는 사실을 깨달았다니까!"

헤물렌은 고개를 쳐들고 크게 웃음을 터뜨렸다. 행주로 코를 푼 헤물렌이 말했다.

"이제 몸이 좀 녹았네. 장화랑 양말이 마르는 대로 집으로 돌아가야겠어. 물론 집은 엉망진창일걸! 정리할 게 산

더미 같겠지."

토프트가 물었다.

"청소하려고요?"

헤물렌이 소리쳤다.

"물론 아니지! 난 남들을 위해서만 정리하거든. 어떻게 살아야 하는지, 자기 힘으로 어떻게 극복해야 하는지 아는 이들이 많지 않거든!"

다리는 늘 작별하는 장소였다. 장화와 양말이 다 마르자 헤물렌은 떠날 채비가 끝났다. 바람은 여전해서 헤물렌의 숱 없는 머리카락을 마구 헝클어뜨렸고 헤물렌은 감기 기운도 조금 있었지만 어쨌거나 길을 나서기로 했다.

헤물렌이 스너프킨에게 종이쪽지를 건네며 말했다.

"이거 내가 쓴 시야. 추억으로 남기려고 다시 써 봤어. '묻노라, 행복이란 무엇인가'로 시작하는 시 말이야. 잘 지내고, 무민 가족에게 안부 전해 줘."

헤물렌은 손을 흔들고 떠났다.

헤물렌이 다리를 막 건넜을 때, 토프트가 뒤쫓아 가서 물었다.

"배는 어떻게 하실 생각이에요?"

헤물렌이 되물었다.

"배? 아, 배 말이구나."

헤물렌이 잠깐 고민하더니 말했다.

"적당한 누군가를 만날 때까지 기다려야지."

토프트가 말했다.

"항해를 꿈꾸는 누군가 말이에요?"

헤물렌이 대답했다.

"그럴 리가! 배가 필요한 누군가 말이야."

헤물렌은 다시 손을 흔들더니 멀어져 갔고, 자작나무 숲 사이로 사라졌다.

마음이 놓인 토프트가 한숨을 내쉬었다. 또 한 명이 떠났다. 곧 무민 골짜기는 수정 구슬처럼 텅 비고 무민 가족과 토프트 말고는 아무도 남지 않게 될 터였다. 토프트는 스너프킨의 곁을 지나며 물었다.

"언제 떠나세요?"

스너프킨이 대답했다.

"상황 좀 보고."

제21장

처음으로 훔퍼 토프트는 무민마마의 방에 들어갔다. 방은 하얬다. 토프트는 주전자에 물을 가득 채워 코바늘로 떠서 만든 침대보의 주름을 폈다. 필리용크가 가져온 꽃병은 침대 옆 탁자에 올려놓았다. 벽에는 아무 그림도 걸려 있지 않고 화장대에는 안전핀 서너 개, 고무마개 한 개 그리고 둥근 돌멩이 두 개가 든 접시만 놓여 있었다. 창틀에서는 접는 주머니칼을 발견했다.

토프트는 생각했다.

'깜박하셨나 봐. 나무껍질 배를 만들 때 늘 이걸 쓰셨는데. 하나 더 갖고 계실지도 모르지.'

토프트는 큰 칼날과 작은 칼날 모두 당겨서 펴 보았는데, 날은 무뎌져 있었고 달려 있던 송곳도 부러져 있었다. 주머니칼에는 작은 가위도 달려 있었는데, 자주 쓰지는 않은 듯했다. 토프트는 장작 창고로 내려가 칼날을 갈았다. 그러고는 창틀에 다시 주머니칼을 올려놓았다.

날씨가 갑자기 부드러워지고 바람이 남서풍으로 바뀌었다.

토프트는 생각했다.

'무민 가족을 위한 바람인걸. 다들 남서풍을 가장 좋아하니까.'

바다 위로 구름이 천천히 뭉게뭉게 쌓이고 하늘이 거대한 구름으로 뒤덮였는데, 누가 보아도 눈구름이라는 사실을 알 수 있었다. 며칠 뒤면 모두 오랫동안 기다린 대로 골짜기가 온통 한겨울 눈에 뒤덮이는 그날이 올 터였다.

천막 밖에 선 스너프킨은 이제 천막을 걷을 때가 되었다고 느꼈고, 떠날 준비도 되어 있었다. 무민 골짜기는 이제 곧 폐쇄되리라.

스너프킨은 느릿느릿 막대를 뽑고 천막을 둘둘 말았다. 모닥불도 껐다. 오늘은 서두를 필요가 없었다.

이제 주위가 텅 비어 깨끗해졌고, 빛바랜 잔디 위로 드러난 네모꼴만 스너프킨이 머물렀음을 보여 주었다. 내일이면 이 또한 눈에 덮일 터였다.

스너프킨은 무민에게 편지를 써서 우편함에 넣었다. 짐을 꾸린 배낭은 다리 위에 두었다.

날이 밝자, 가장 먼저 스너프킨은 다섯 음계를 잡으러 바닷가로 갔다. 해초와 물에 둥둥 떠다니는 나무 더미를 넘어 모래밭에 서서 기다렸다. 노랫가락은 곧장 다가왔는데, 생각보다 훨씬 아름답고 단순했다.

스너프킨이 다리로 돌아가는 동안 비 노래는 점점 더 가까이 다가왔고, 스너프킨은 배낭을 어깨에 둘러메고 숲으로 곧장 걸어 들어갔다.

그날 저녁, 무척 작지만 사라지지는 않는 한 점 빛이 수정 구슬에 떠올랐다. 무민 가족이 돛대 꼭대기에 건 등불이었고, 겨울잠을 자러 집으로 돌아오는 길이었다.

남서풍은 계속해서 불고 있었고 둑처럼 둘러진 구름은 하늘 높이 떠다녔다. 눈의 냄새가 풍겼다. 깨끗하고 텅 빈 냄새가.

토프트는 천막이 없어진 광경을 보고도 놀라지 않았다. 스너프킨은 집으로 돌아오는 무민 가족을 맞이할 이는 토프트뿐이라는 사실을 이해했을는지도 모를 일이었다. 토프트는 잠깐, 스너프킨이 세상의 모든 신비를 알고 있다는 생각이 들었다. 하지만 아주 잠깐이었다. 생각은 곧 자신에게로 돌아갔다. 무민 가족을 만나는 꿈에 단단히 사로잡힌 나머지 너무 피곤했다. 무민마마를 떠올릴 때마다 머리가 지끈거렸다. 흠 잡을 데 없는 어른이고 상냥하며 위로가 되는 무민마마가 얼굴도 없이 커다랗고 둥글고 매끄러운 풍선처럼 떠오르기만 해서 견딜 수가 없었다. 무민 골짜기는 온통 진짜가 아니라 집도 정원도 강도 모두 화면 위에 떠오른 그림자극 같기만 했고, 무엇이 진짜고 무엇이 상상인지 알 수가 없었다. 토프트는 너무 오랫동안 기다린 나머지 이제 화가 날 정도였다. 부엌 계단에 앉아 무릎을 끌어안고 두 눈을 질끈 감자, 커다랗고 낯선 모습이 머릿속을 가득 채우며 갑자기 무서운 생각이 밀려들었다! 토프트는 벌떡 일어나서 내달리기 시작했고, 부엌 뒤뜰과 쓰레기더미를 지나 숲 속으로 곧장 달려 들어가자 주위가 갑자기 어두워졌다. 토프트는 으슥한 숲에, 밈블이 말했던 지저분하고 버려진 숲에 와 있었다. 그곳에는 끝 모를 어둠이 드리워져 있었다. 빽빽이 들어선 나무는 가지를 뻗을 자리조차 없었고, 비쩍 말라 있었다. 땅바닥은 축축한 가죽 같았다. 가장자리가 황금빛인 손가락버섯만 어둠 속에서 빛을 내며 손가락처럼 자라고 있었고, 나무줄기에 붙어 있는 커다란 혹 같은 나무버섯은 하얗고

매끄러운 벨벳 같았다. 새로운 세상이었다. 토프트는 상상할 수도, 말할 수도 없었고 그동안 했던 어떤 상상도 어떤 말도 들어맞지 않았다. 누구 하나 길을 내려고 한 적도 없었고 나무 아래에서 쉰 적도 없었다. 그저 불길한 생각에 휩싸여 헤매기만 하는 분노의 숲일 뿐이었다. 마음이 가라앉은 토프트는 더없이 신중해졌다. 머릿속을 복잡하게 헤집어 놓았던 모든 상상이 사라지고 이를 데 없는 안

도감이 찾아들었다. 무민 골짜기와 행복한 가족 이야기는 빛바래 사라져 버렸고, 무민마마 생각도 저만치 떨어져 나가 너무 낯설어진 나머지 무민마마가 어떻게 생겼는지조차 알 수 없게 되어 버렸다.

토프트는 나뭇가지 아래로 몸을 웅크리기도 하고, 바닥을 기고 또 기기도 하며 숲 속 깊숙이 들어가는 동안 아무 생각도 하지 않아 마음이 수정 구슬처럼 텅 비었다. 무민마마는 피곤하거나 화나거나 실망스럽거나 혼자 있고 싶을 때면 이 끝없는 숲 속에 찾아와 마음속 깊은 상처를 안고 정처 없이 떠돌아다녔을 터였다……. 토프트는 전혀 다른 무민마마를 발견했고 그 모습이 자연스러워 보인다고 생각했다. 그 순간 갑자기 토프트는 무민마마가 왜 슬퍼했는지 궁금해졌고 자신이 해 줄 수 있는 게 없을까 생각했다.

이제 나무가 드문드문해지자 거대한 잿빛 산이 토프트의 눈앞에 성큼 다가왔는데, 산꼭대기까지 곳곳에 움푹 팬 깊은 습지가 뒤덮고 있었고 꼭대기에는 거대하고 벌거벗은 바위가 불쑥 솟아올라 있었다. 그 위에는 바람만 불 뿐, 아무것도 없었다. 하늘을 뒤덮은 커다란 눈구름은 거대했다. 토프트는 뒤를 돌아보았지만 골짜기는 보잘것없는 그림자일 뿐이었다. 그런 다음, 토프트는 바다를 바라보았다.

바다가 모두 토프트의 눈앞에 펼쳐져 있었고, 잿빛에 하얀 파도가 규칙적으로 밀려드는 바다가 수평선까지 가 닿아 있었다. 토프트는 바람이 불어오는 쪽으로 고개를 돌려 잠자코 기다렸다. 드디어 토프트는 다시 기다릴 수 있게 되었다.

무민 가족은 순풍을 타고 바닷가 쪽으로 곧장 오고 있으리라. 토프트가 한 번 가지도, 볼 수도 없는 어느 섬에서 돌아오고 있으리라.

토프트는 생각했다.

'무민마마는 거기에 더 머물고 싶었을지도 몰라. 그 섬 이야기를 만들어서 잠자리에 들기 전에 들려줄 수도 있겠지.'

오랜 시간 동안 토프트는 산에 앉아 바다를 바라보았다. 노을이 지고 육지가 어둠 속에 잠기고 있었지만 토프트의 눈에는 여전히 바다에 치는 물결 하나하나까지 모두 보였다.

태양이 저물기 바로 전, 구름 더미 사이로 차디찬 노란 한 줄기 겨울 빛이 비추어 세상을 온통 쓸쓸해 보이게 만들었다.

바로 그때, 토프트는 무민파파가 걸어 놓은 남포등이 빛나는 모습을 보았다. 부드럽고 따뜻한 불빛이 흔들림 없이 빛나고 있었다. 배는 아주 멀리 있었다. 토프트가 숲을 지나 바닷가를 따라 부잔교까지 갈 시간은 넉넉했고, 제때 무민 가족에게 밧줄을 던져 줄 수 있을 터였다.